选堂诗墨评注

饶宗颐 著

陈韩曦 李元骏 翁艾 注译

南方出版传媒
花城出版社

中国·广州

瑶山集

图书在版编目（CIP）数据

瑶山集 / 饶宗颐著；陈韩曦，李元骏，翁艾注译. -- 广州：花城出版社，2016.1
（选堂诗词评注）
ISBN 978-7-5360-7734-8

Ⅰ. ①瑶… Ⅱ. ①饶… ②陈… ③李… ④翁… Ⅲ. ①古体诗－诗集－中国－当代 Ⅳ. ①I227

中国版本图书馆CIP数据核字(2015)第279708号

出 版 人：詹秀敏
策划编辑：詹秀敏
责任编辑：李　谓　杜小烨
技术编辑：薛伟民　凌春梅
装帧设计：王　越
图片来源：饶清芬　陈韩曦
　　　　　香港大学饶宗颐学术馆
图片编辑：曾雅丽

书　　名	瑶山集 YAOSHAN JI
出版发行	花城出版社 （广州市环市东路水荫路11号）
经　　销	全国新华书店
印　　刷	佛山市浩文彩色印刷有限公司 （广东省佛山市南海区狮山科技工业园A区）
开　　本	787毫米×1092毫米　16开
印　　张	9.25　7插页
字　　数	160,000字
版　　次	2016年1月第1版　2016年1月第1次印刷
定　　价	32.00元

如发现印装质量问题，请直接与印刷厂联系调换。
购书热线：020-37604658　37602954
花城出版社网站：http://www.fcph.com.cn

1938年广州通志馆修志照

1944年无锡国专全体教职工合影（二排右五为饶宗颐）

广西瑶山飞瀑
2004年
抗战胜利之年,余执教国专,寓广西北流,历览勾漏桃源诸洞之胜,有诗记之。顷追写其景,犹梦中事也。甲申秋杪,选堂时年八十有八。

僥山紀游詩

旱峽

三月居桂林十日九風雨薈雜招早魃挙石為天補間
春來蒙山白日潛沮洳大壑濃朝夕似鳴鼓不意乎
大城氣象自浮左陽險聊出郭煩愛林嵐昳驕陽姝紫
同早意逞評注晴雲鎖梯石名寶誠相副方知造物理
消息不易敷安得挾秋風變為起烟霧

金鷄隘

秋淨早峽來嗚嶫若克乎蜀道瓢翩雲去天亦忍天壤蝶視
馳勢丁吞橐羹火日正欺人忍令雙腳赤嘖阨有常潮入

天堂嶺

嶺隘...（後略）

...

書瑤山詩頁
四〇年代初

金汤安南纪　秀气接中原

2010年

流寓广西瑶山金秀区，以"金秀"二字冠首，撰此联句

庚寅·选堂纵笔

世有伯乐然后有千里马，千里马常有，而伯乐不常有。
90年初写唐人驯马图，尚中绳尺。甲申选堂补记。

长剑一杯酒,高楼万里心。壬辰,选堂
波光入座弄云漪。南田句,壬辰,选堂识。

目　录

瑶山集
读岭南诗人绝句题瑶山草　　陈　颙/3
题辞　詹安泰/3
又　刘寅庵/4
自序/5
人日/7
天堂岭/9
旱峡/12
金鸡隘/14
岭祖村夜宿/17
清湘行　次放翁山南行韵/19
始安竹枝词/22
中秋后五日，过文塘与赵文炳，同宿李氏山楼。/25
九日杂诗/27
示贾生辅民时避兵龙头村/30
遣怀/31
雨夜/32
秋怀三首/33
何蒙夫乱离中守其先德不去卢集未尝去手，投之以诗。/35
冼玉清自连州燕喜亭贻书及诗，予避兵西奔，仓皇中赋报。/37
黄牛山。山在永安州西二十里，州人避寇，结茅绝顶焉。/40
文墟早起/43

寄怀俞瑞征丈以尚有秋光照客衣为韵/45
黄牛山歌和天水赵文炳/52
哀桂林/55
哀柳州/57
柬方子/59
文墟行/62
冬至/66
梦归/68
乱定晤简又文有赠/69
闻履庵病亟/72
寄慵石丈/74
大藤峡/76
国专讲师欧阳君出长金秀瑶区，诗以贺之。/78
罗梦村道上/82
瑶人宅中陪瑞征丈饮酒/85
瑶山咏/88
卅四年元旦值无锡国专二十四周年校庆，石渠置醴瑶山精舍，酒后赋呈座上诸公。/91
赠蒋石渠/94
金秀村迟蒋毅庵不至/98
白沙道中遇雨/100
别石渠/101
毅庵自瑶山归赣，道经文墟，信宿饯之以诗。/103
兵后同文炳柏荣黄牛山临眺/105
黄村/107
武林口/108
过藤县默诵少游好事近词/109
大安镇水涨/110
宿七里村/111
勾漏洞仿孟郊体/112

桃源洞/114
鬼门关/115
九月三日/116
题北流江亭用李文饶韵/117
访东坡系舟处，即用其至梧示子由韵。/118
寄题牛矢山房课子图为简又文/120
登磐石山同巨赞上人/123
附：张谷雏瑶山诗景图题记/125
附：简又文诗/126

集外诗
优昙花诗/129
附：广优昙花诗并序　　温丹铭先生/131
闻警移居村夜坐月奉寄罗元一羊石/132
重至揭阳乔南里月下作/135
香墨林翰屏将军筹款建忠烈祠出所藏古画古物展览为咏此
　　作/137
寄古层冰丈梅州/140
无题/143
作诗/144

瑶山集

读岭南诗人绝句题瑶山草

陈 颙

兵火磨心说太平，
晚年相值重诗声。
须眉节概邝海雪，
忧患诗篇杜少陵。

题 辞

詹安泰

平生倦行脚，颇欲访奇踪。有如嗜古成癖人，欲阐穷荒摩骨龙。谢客名山为作志，东野凄神貌石淙。古来有书皆可味，何必苦苦梦遊天姥峰。饶子示我瑶山草，略施釜凿觑天巧。浑沌自闷三光精，岂独南雁飞不到。古木千章藤百丈，极靓奇馨出青嶂。碎剥云衣刻古欢，未许玄猿含泪上。怪趣时豁昏花晴，更闻岩漏清琴声。长风吹月摇空冥。夜静每坐窥仙灵。南村北村一涧隔，不通情话但看客。僚奴瑶妇各天真，十幅裙毡半床石。顾此遑遑行役子。避兵身在心欲死。得来歌笑了生生，谁哀绝圣与弃智。况有佳朋邀二三。选胜日日恣雄贪。勘磨得失真何马，不抵一篇闲散谈。

又

刘寅庵

我乡诗家少学杜,南山具体犹明贤。丰湖一集独得骨,觓觓五字长城坚。几人自谬师笔意,后虽有作何称焉。江城暑夏逢吾子,归装出示诗百篇。蕴涵演漾真杜体,已觉宋美难专前。乾坤战伐逾十稔,麻鞋荷担路几千。同华秦陇道虽阻,以较蛮徼仍天渊。纵不刻意规杜老,忧伤情志知同然。大藤之峡实穷处,鬼门鲊瓮无斯艰。瑶户生活均牛豕,哀此无告呈于天。不有子诗为传播,邝记几误避秦源。(粤人入瑶地者,前有邝露,著赤雅及君而二。)中间凤顶如同谷,集名曷不从山传。(君别有千仞集,为旅居饶平凤凰山顶时作,集名拟代易作凤顶。)子年方富文尤袖,一游一集本无难,高才肯让刘醇甫,尚絅卅集编连连。(自来诗集以嗣绾为最富,尚絅堂分四十三集,每集因事立名。)

自　序

　　去夏桂林告警，予西奔蒙山①，其冬敌复陷蒙，遂乃窜迹荒村。托微命于芦中②，类寄食于漂渚③。曾两度入大瑶山④，攀十丈之大藤，观百围之柚木，霏霏承宇之云，凄凄慕类之麋，正则小山⑤所嗟叹憭栗⑥者，时或遘之。以东西南北之人⑦，践块轧⑧罔汤之境。干戈⑨未息，忧患方兹。其殆天意，遣我奔逃，俾雕锼⑩以宣其所不得已。烈烈秋日，发发飘风⑪，卑枝野宿，即同彭衙⑫，裹饭趁墟⑬，时杂峒獠⑭。逢野父之泥饮⑮，值朋旧而倾心。区脱⑯暮警，寒柝⑰宵鸣，感序抚时，辄成短咏。录而存之，都为一卷。今者重光河狱⑱，一洗兵尘，此戋戋⑲者，皆危苦之词，宜捐弃而勿道；然而他乡行役，诚不可忘，烧烛竹窗⑳，如温旧梦，敝帚自珍㉑，亦何妨焉。

　　　　　　　　　一九四五年乙酉重阳饶宗颐识于北流山围

注释：

①蒙山：即蒙山县，在广西梧州市内。
②芦中：春秋时，伍子胥从楚国逃至吴国时，曾藏在芦苇之中。汉·赵晔《吴越春秋》："渔父去后，子胥疑之，乃潜身于深苇之中。有顷父来，持麦饭鲍鱼羹盎浆，求之树下，不见，因歌而呼之曰：'芦中人！芦中人！岂非穷士乎？'如是至再，子胥乃出芦中而应。"
③漂渚：韩信未得志时，曾在江边忍饥挨饿，有赖一位漂洗衣物老妇供其果腹保命。南梁·庾信《哀江南赋》："过漂渚而寄食，托芦中而渡水。""漂渚"与"芦中"，均代指颠沛流离的逃难生活。
④大瑶山：在广西，地跨金秀、蒙山等地。
⑤小山：即晏几道（约1038—约1110），字叔原，号小山，北宋宰相、词人晏殊之子，著名词人。
⑥憭栗：凄凉之貌。《楚辞·九辩》："憭栗兮若在远行，登山临水兮送将归。"

⑦东西南北之人：漂泊无定的客行之人。唐·高适《人日寄杜二拾遗》："愧尔东西南北人。"
⑧块轧：弥漫。贾谊《鹏鸟赋》："大钧播物兮，块轧无垠。"
⑨干戈：古代冷兵器名，代指战争。《诗·周颂·时迈》："戢戢干戈，载櫜弓矢。"
⑩俾雕锼：琢磨。
⑪发发飘风：疾猛的暴风。《诗·小雅·四月》："冬日烈烈，飘风发发。"
⑫彭衙：地名，在陕西白水县东北，唐代杜甫曾避贼逃难至此，作《彭衙行》。
⑬裹饭趁墟：包起饭奔波于墟村间。《庄子·大宗师》："子舆曰：'子桑殆病矣！'裹饭而往食之。"
⑭峒獠：指少数民族。
⑮泥饮：强留劝酒。唐代杜甫即作有《遭田父泥饮美严中丞》诗。
⑯区脱：少数民族的住所。《汉书·苏武传》："区脱捕得云中生口。"
⑰寒柝：寒夜里的打更声。《周易·系辞下》："重门击柝，以待暴客。"
⑱河狱：黄河、五岳，泛指华夏大地。
⑲戋戋：浅小，指层次浅、境界小，此乃饶公自谦之辞。
⑳烧烛竹窗：唐·李商隐《夜雨寄北》："何当共剪西窗烛，却话巴山夜雨时。"
㉑敝帚自珍：《东观汉记·世祖光武皇帝纪》："一旦放兵纵火，闻之可以酸鼻。家有敝帚，享之千金。"

人　日①

穷阴②皂白③不能分，谁遣春风散重云。
岭西④千古断肠地，酒浇不下胸轮囷⑤。
僵卧松毡数人日，流年似鸟遄飞疾。
仍是东西南北人⑥，此身归去安能必。
万里风波一叶舟⑦，青山百匝⑧绕蒙州⑨。
流离岂是长无谓，怀古端须志穷愁⑩。

　　蒙山史事罕征。李德裕⑪子烨尝贬蒙州立山尉⑫。烨撰妻荥阳郑氏墓志云："大中九年乙亥，终于蒙州旅舍，权厝于蒙州紫极宫南。"唐之紫极宫未知何在。李义山无题万里风波一首，说者谓在江陵为烨所赋也。德裕于崖州，著有穷愁志。

注释：

① 人日：旧历正月七日；具体到本诗之中，当是一九四五年内的乙酉正月七日。
② 穷阴：旧历十二月的冬末之时，夜长昼短。《文选·鲍照〈舞鹤赋〉》有"穷阴杀节"之辞，唐代李善等人作注时认为此处是在化用《礼记》中的"季冬之月，日穷于次"之语。按"季冬"即十二月，"日穷"故而夜长。
③ 皂白：黑白。因为夜长昼短，所以白天中的很长时间内均是天色昏暗、亦黑亦白之状。
④ 岭西：南岭以西，即今广西一带。
⑤ 酒浇不下胸轮囷："轮囷"即盘旋曲折之状，形容胸内郁闷之气纠结难消，该词见于《文选·邹阳〈狱中上书自明〉》一文。"酒浇不下"之句式亦属化用成句，宋·黄庭坚《次韵子瞻武昌西山》诗云："酒浇不下胸崔嵬。"
⑥ 东西南北人：漂泊无定的客行之人。唐·高适《人日寄杜二拾遗》："愧尔东西南北人。"高适死后，杜甫作《追酬故高蜀州人日见寄》亦有"东西南北更谁论"的应和之句。

⑦万里风波一叶舟：唐·李商隐《无题》："万里风波一叶舟，忆归初罢更夷犹。"此诗即是饶公自注中提到的李商隐为李烨所作之诗。
⑧青山百匝：重叠环绕着的青山。宋·范成大《送詹道子教授奉祠养亲》："青山百匝不留人。"
⑨蒙州：唐州郡名，在今广西梧州市内。
⑩志穷愁：记述自己的困闷的愁思。此处是在化用李德裕被贬后著《穷愁志》的典故，饶公自注已有提及。《穷愁志》是一部论集，内含李德裕所作的四十九篇文章。
⑪李德裕：李德裕（787—894），字文饶，中晚唐时的名臣，官至门下侍郎、同中书门下平章事（即宰相），是"牛李党争"中所谓"李党"的领袖。他在政治上颇有建树，但也多次遭到贬官与放逐。
⑫立山尉：唐代立山县的县尉。立山县为唐时蒙州所辖的三县之一。

浅解：

1944年，日军进犯广西，饶公随无锡国专师生一起避难于蒙山县。冬天又辗转遁入荒村。他个人流离失所的命途，是与国难紧紧相连的，困苦如当年杜甫一般怀有了身世之感——即个人命运与国家世道同悲共戚。岭西一带，在古代是贬官流放地，仅唐代就有至少一百余人次被贬至此地，其中不乏柳宗元、李邕等名臣，的确堪称"千古断肠地"。饶公流落于此间的原因与古人不同，但若论及飘摇零落的处境乃至对国运的深沉关切，饶公与古代的士大夫们却又何其相似。唐朝名臣李德裕之子李烨昔日被贬之地，正是饶公所在的蒙山县，古与今的时空交错迸发出强烈的生命交集，令饶公为之慨叹。

简译：冬末天色阴暗混沌，不知谁忽派春风吹散重重云层。岭西自古就是断肠之地，纵是醇酒也浇不灭胸中愤懑。受冻躺在松毡计算人日将近，岁月如急飞之鸟般流逝。几年来频作漂泊羁旅，回乡已是奢望。我如连天波浪里一只小船般飘来飘去，群山兀自层叠将蒙州牢牢围在当中。终难一直忍受这流离生活，想到古人不免写下我的愁闷。

天堂岭

甲申（1944年）七七后一日，天气晴朗，与诸生步入瑶山。历榛翳，穷岩险，崖断如白，树密成帷。游行二十里，遂造天堂之岭，爱其翘然特秀，峥嵘云表，而霾藏于深菁茆峒中，诗以彰之。泉石有灵，其许我为知己乎。

平生不作蚕丛游①，忽凌崒兀②无与俦③。孱躯但恐天柱折④，蔽空幸有枝撑幽⑤。群山如马⑥势难遏，一水泻为万丈湫⑦。羊肠⑧似索缚我足，十步不止九迟留⑨。欲上阆风⑩呼造父⑪，惜哉穷谷无骅骝⑫。哀蝉祇道行不得⑬，山间盛夏已惊秋⑭。行行⑮渐喜天堂近，耶华髣髴在上头。（永安州志："山有大塘，相传岁时丰常闻鼓乐声。"）入山未觉仁者乐⑯，瑶歌格磔⑰已生忧。缠头板屋眼中见，（瑶妇多以白巾缠头，或以竹箨围其顶。）伯益⑱道元⑲所未取。敢嘲草木酬岩壑，蓬心⑳恐贻山灵羞㉑。

注释：

① 蚕丛游：以攀登险峰为内容的郊游。蚕丛为古代蜀地之王，汉·杨雄《蜀王本纪》："蜀之先称王者有蚕丛……"唐·李白《蜀道难》："蚕丛及鱼凫，开国何茫然。"自此乃将蜀王蚕丛与峰峦之险峻联系在了一起。清·何绍基《啖荔诗后复叠韵成篇以志欣佩》："欣然联骑蚕丛游。"

② 崒兀：险峻高耸之山。唐·李白《游溧阳北湖亭望瓦屋山怀古赠同旅》："崒兀栖猛虎。"唐·杜甫《自京赴奉先县咏怀五百字》："群水从西下，极目高崒兀。疑是崆峒来，恐触天柱折。"

③ 无与俦：没有可以与之相比的。唐·白居易《李都尉古剑诗》："至宝有本性，精刚无与俦。"

④ 但恐天柱折："天柱折"，即高山崩塌，《淮南鸿烈·天文训》："共工……怒而触不周之山，天柱折，地维绝。"本句系化用杜甫"恐触天柱折"之辞，见"崒兀"注。

⑤枝撑幽：树枝相互交错所带来的幽暗。"枝撑"原指建筑物中交错的梁柱，此处指相互交错的树枝。《文选·王延寿〈鲁灵光殿赋〉》："枝撑杈枒而斜据。"唐代李善等人注"枝撑"曰："交木也。"唐·杜甫《同诸公登慈恩寺塔》："仰穿龙蛇窟，始出枝撑幽。"

⑥群山如马：连绵的山峰生动跃然，如马群奔跑一般不断向前方延伸。清·范士埰《怀阳洞歌》："仁邑之南清且妍，群山如马争欲前。"

⑦万丈湫：极深的水潭。宋·释道潜《龙井辩才老师新亭》："滔滔若悬瀑，下注万丈湫。"

⑧羊肠：曲折的小路。《尉缭子》："兵之所及，羊肠亦胜。"

⑨迟留：迟滞、停留。汉·王充《论衡·状留篇》："神灵之物也，故生迟留。"

⑩阆风：昆仑仙山之名。《楚辞》："阆风而绁马。"汉代王逸注曰："阆风，山名，在昆仑之上。"

⑪造父：周代的善御之人，传说曾为周穆王捕获到"骅骝"等良马，并替穆王驾马车到达"西王母"处。《韩非子》："造父御四马。"《史记·赵世家》："穆王使造父御，西巡狩，见西王母，乐之忘归。"

⑫骅骝：传说中的良马，是周穆王的"八骏"之一。《荀子》："骅骝、騹骥、纤离、绿耳，此皆古之良马也。"

⑬行不得：蝉鸣声犹如在说"行不得"。按旧说鹧鸪声如"行不得也哥哥"，宋·范成大《两虫》："鹧鸪忧兄行不得，杜宇劝客不如归。"

⑭惊秋：惊觉夏时已有秋之凉意。唐·杜甫《夏日李公见访》："清风左右至，客意已惊秋。巢多众鸟斗，叶密鸣蝉稠。"本句"已惊秋"三字即出于此，而其上的"哀蝉"句亦与杜诗相合。

⑮行行：不断行走。《文选·古诗十九首》："行行重行行，与君生别离。"

⑯入山未觉仁者乐：虽已身在山中，却并没有能感到孔子所说的仁者之乐。《论语》："子曰：'知者乐水，仁者乐山。'"

⑰格磔：鸟鸣声。唐·钱起《江行无题》诗之二六："只知秦塞远，格磔鹧鸪啼。"

⑱伯益：古代嬴姓各族的祖先。据说是《山海经》的作者。祖传于畜牧和狩猎，被舜任为虞。

⑲道元：即郦道元，北魏地理学家、散文家，撰写了《水经注》。

⑳蓬心：如蓬草般蜷曲不通的心性。《庄子·逍遥游》："则夫子犹有蓬之心也夫。"

㉑恐贻山灵羞：害怕被山之神灵所嘲笑。明·唐肃《三山隐趣图序》："吾又知其必不贻山灵羞也。"清·张英《题石林临流濯足图》："东华万斛尘，恐为山灵羞。"

浅解：

《瑶山集》中的"瑶山"，即是广西大瑶山，地跨金秀、蒙山等地。大瑶山脉广袤连绵，天堂岭就是其中的一处山岭。1944年7月，饶公与无锡国专师生已遁入蒙山县。此日天气晴朗，平素不登险峰的饶公，也兴致勃勃地爬上了高山，在天堂岭上收获离乱生活中少有的欢乐。在山里，饶公饱览自然景观，并目睹了前人地理著作中所没有记载的少数民族风俗。所谓"侏离瑶语已生忧"，并非表示饶公厌烦瑶人。饶公故乡在潮州，历经穗港，能为潮语、粤语，却本没有居住在瑶山之中计划，实乃迫于形势、不得已而为之，如今听到瑶语，则愈发感受到自己正流离他乡而不得回归故里，怎能不令人忧伤呢？总体来看，饶公游兴甚高，颇为开怀，但山内难行的险道和山外的兵荒马乱，仍让他在喜悦之余犹有忧患之思，故而未能尽舒己心。他很喜欢这里独特的自然风貌，又怜惜此景藏在深山之中而不为人知，所以写诗为之张目。

简译： 我从来不登临险峰，今却罕见地爬上这无比高峻之山。身在高处只怕脚下山峰崩塌，幸有山上茂密树阴之幽已将天空遮蔽。山岭如马群向前奔跑般不断延伸，水流倾泻形成万丈深潭。面对羊肠小道我如被绳索缚住脚般难以前行，常免不得迟滞停伫。想唤来造父替我驾车以登高峰，可惜闭塞山谷里无良马可用。蝉声哀鸣只在劝我不要前行，山谷内虽犹盛夏却仿佛清冷秋日。且行且喜觉天池已近，激荡钟鼓之音似在头顶。身在山里却未体会到仁者之乐，瑶族方言令人不解使我烦忧。白巾缠头的瑶女和木板搭成的房屋在我眼前，此民俗并不见于《山海经》或《水经注》。斗胆作诗赞美山石草木，犹怕山神嘲笑我心不够通达。

旱　峡

三月居桂林，十日九风雨①。
甚欲召旱魃②，擎石将天补③。
间者④来蒙山，白日潜沮洳⑤。
淙淙大壑灉⑥，朝夕似鸣鼓。
不意斗大城⑦，气象自淳古。
陟险聊出郭，颇爱林岚旿⑧。
骄阳燋崇冈⑨，旱意逼汗注。
晴云锁梯石，名实诚相副。
方知造物理，消息⑩不易数。
安得拂秋风，暂为起烟雾。

注释：

① 十日九风雨：常是风雨天气。宋·辛弃疾《祝英台近》："怕上层楼，十日九风雨。"
② 旱魃：传说能带来旱灾的鬼怪。《说文解字》："魃，旱鬼也。"
③ 擎石将天补：以石补天而堵住了雨水。《淮南鸿烈·览冥训》："于是女娲炼五色石以补苍天。"
④ 间者：最近。《后汉书·黄琼传》："间者以来，卦位错谬。"
⑤ 潜沮洳：下潜而藏身于低湿之地处。唐·韩愈："春阳潜沮洳，濯濯吐深秀。"
⑥ 大壑灉：深谷中的水流。晋·谢灵运《于南山往北山经湖中瞻眺》："俯视乔木杪，仰聆大壑灉。"
⑦ 斗大城：小城。元·方回《记火》："吾州斗大城，辛丑燕于火。"
⑧ 林岚旿：阳光透过林间雾气所折射出纹彩。清·汪惟宪《金氏二友》："岚旿终朝雨，滩声五月冰。"
⑨ 崇冈：山岭。明·王冕《秋怀诗二首》："青松生崇冈，土浅松根颓。"明·刘溥《萝月山房》："若人事幽隐，结宇次崇冈。上有百尺松，修萝托以芳。"

⑩消息：消长。"消"即消降，"息"即息长，出于《周易》，原指阴阳乃至世间万物时刻不断消长变化的状态。《周易》丰卦："天地盈虚，与时消息。"

浅解：

饶公在桂林时，曾常是雨天；来到蒙山县之后，天气却渐渐变得干旱起来。两地晴雨，此消彼长，甚是有趣。饶公有感于此，体悟出万事万物之间变化无穷、消长频繁的道理。除此之外，蒙山县干旱之中的峡谷景致独特，也颇能吸引他赏玩一番。

徐弘祖在其《徐霞客游记·滇游日记》中也记载了一条"旱峡"，是云南境内一条只闻其声而不见其迹的地下河。兹与本诗所说的"旱峡"并不相同。

简译：三月居住在桂林时，十天有九天刮风下雨。甚欲知晓谁召出旱魃，止住了这种雨水天气。最近自我来到蒙山之后，太阳总是下潜遁形于低洼湿地。淙淙溪水流过山谷，从早到晚声如击鼓。我本没想到，这小城里气象如此淳厚古朴。冒险上路出城，很爱看阳光穿过山林间薄雾。骄阳灼烧此间山岭，干旱之感让人汗流如注。晴时云彩横亘于石栈之间，其名与实诚然相符。才明白以天理而论，万物有消有长确是恒常规律。希望何处吹来一阵秋风，暂且为我兴起烟雾。

金鸡隘①

我从旱峡来，礧磈②苦充斥。
鸟道③乱崩云④，去天未咫尺⑤。
坏堞⑥视眈眈，势可吞梁益⑦。
火日正欺人，忍令双脚赤。
喧豗⑧有众滩，入耳森惨戚⑨。
忆昔渡武水⑩，金鸡若垒壁⑪。（坪石有金鸡岭。）
颇讶天地间，嵌此一顽石⑫。
岂如兹山高，崭险⑬侔剑戟⑭。
奈何委蛮荒⑮，飞鸟且绝迹⑯。
丈夫志万里⑰，临此甯辟易⑱。
好去攀悬崖，待将蓝缕辟⑲。

注释：

①金鸡隘：广西蒙山县有金鸡坳。
②礧磈：沙石。魏·曹植《承露盘铭》："神君礧磈，鸿基岳停。"唐·杜甫《三川观水涨二十韵》："枯查卷拔树，礧磈共充塞。"清人仇兆鳌注此谓："礧磈，沙石也。"
③鸟道：山上只有飞鸟能过的极高峻处。南梁·庾信《秦州天水郡麦积崖佛龛铭》："鸟道乍穷，羊肠或断。"唐·李白《蜀道难》："西当太白有鸟道，可以横绝峨眉巅。"清人王琦注此曰："鸟道，谓连山高峻其少低缺处，惟飞鸟过此以为径路。"
④崩云：山极高而使云朵受阻而被分开。刘宋·鲍照《飞白书势铭》："轻如游雾，重似崩云。""崩云"亦指比喻浪花激荡碎开时如云崩一般，此处并非这个意思。
⑤去天未咫尺：距离天空很近，表示极言其高之意。唐·李白《蜀道难》："连峰去天不盈尺，枯松倒挂倚绝壁。"
⑥坏堞：城堞的遗迹。

⑦梁益：梁州与益州，古代行政区划之名，分别在汉中与蜀地一带。
⑧喧豗：水流相互激荡或撞击岩石所发出的声音。
⑨森惨戚：幽深悲愁。唐·杜甫《白水崔少府十九翁高斋三十韵》："烟氛霭崷崒，魍魉森惨戚。"
⑩武水：即今之武江，古称武溪，是北江的一条支流。它从湖南流入广东，在韶关与浈江汇流后称为北江。北魏·郦道元《水经注》："武溪水出临武县西北桐柏山，东南流，右合溱水，乱流东南，径临武县西，谓之武溪。"
⑪金鸡若垒壁：另有金鸡岭，在广东乐昌市坪石镇，武水流经其侧。太平天国曾于彼驻军，山岭上犹留有其练兵场。西北峰顶则有巨石状如雄鸡，金鸡岭即以此得名。
⑫顽石：指坪石镇金鸡岭上的鸡形巨石。
⑬崭险：险峻。唐·崔向《谏玄宗畋猎疏》："越崭险，靡榛丛。"
⑭侔剑戟：如同剑戟一般。唐·韩愈《送区册序》："江流悍急，横波之石廉利侔剑戟。"
⑮蛮荒：泛指远离民族文明、文化落后的地区。
⑯飞鸟且绝迹：形容当地及其荒凉以至于连飞鸟也不见踪影。唐·柳宗元《江雪》："千山鸟飞绝，万径人踪灭。"
⑰丈夫志万里：男儿志在四方。明·李攀龙《代曹子建》："丈夫志万里，慷慨事四方。"
⑱宁辟易：岂能退避。"宁"同"宁"。《史记·项羽本纪》："赤泉侯人马俱惊，辟易数里。"
⑲蓝缕：破衣服。《春秋左传》："筚路蓝缕，以启山林。"

浅解：

　　饶公在广西蒙山县游览金鸡山，被它的奇崛所触动。念及广东坪石镇也有金鸡岭，两相比较，认为蒙山的金鸡山更加高峻，但其名气不如坪石的金鸡岭，这里的金鸡山地处荒郊、人迹罕至，不能声名昭著。士人又岂非如此呢？困于穷乡僻壤，不能入世展露才学，恐怕也会像此山一样名气不显。

　　广西上林县亦有金鸡山。徐弘祖《徐霞客游记》谓："有小水南流于其中，经后营而南、金鸡隘之北，乃西南坠壑而去，即琴水桥之上流也。从此北望，直北甚遥；南望则金鸡石峰若当门之标。"按上林与蒙山相去甚远，值彼乱世，兵荒马乱之间，饶公殆不可能远赴上林。因此，诗中所说"金鸡隘"应当不是上林金鸡山。

尤有趣味的是，饶老在《天堂山》一诗中曾自谓"平生不作蚕丛游"，可如今却欲"攀悬崖"，殆是瑶山的环境有变化气质之功效。

简译：我从旱峡而来，沙石遍地路难行。山峦直入云，高耸离天近。山上断壁残垣狠盯着我，城墙虽旧但势可包吞梁州、益州。阳光火辣正逼人，岂能赤足前行。周围滩流激荡回响，让人听之倍感幽深悲愁。记得当时在广东渡过武水，也有一座金鸡岭高如壁垒。实在感叹天地造化，竟在山顶放置鸡形奇石。不过它没此峰高耸，其险峻如同剑戟。无奈金鸡坳身处荒郊远地，没有鸟踪更无人迹。我本志在四方，怎么能面对这峰峦就有心退避。为了好好攀爬悬崖，且待我将破衣裳丢在地。

岭祖村夜宿

此身忽落瘴烟①里,以豕为兄蚊为子。拟从林表②探青冥③,却怕门前聒黄耳④。如梯稻垄与云齐,千山万壑鹧鸪啼⑤。松滩咽处露微月⑥,似道此间即穷发⑦。身世飘飘何足嗟,猲獠⑧相将⑨亦是家。须倾人鲊瓮头酒,宛在胡孙愁上走。(人鲊瓮在夔州,胡孙愁亦峡中地名。) 前度桃花⑩开也无,(相传岭祖村山上有桃树,实大如柑,味如蜜,见永安州志。)攀藤我欲讯⑪星斗。

注释:

①瘴烟:宋·范成大《桂海虞衡志》:"瘴,两广惟桂林无之,自是而南,皆瘴乡矣。"
②林表:林外梢头。唐·祖咏《终南山望余雪》:"林表明霁色,城中增暮寒。"
③青冥:青天。《楚辞·遭厄》:"玄鹤兮高飞,曾逝兮青冥。"汉人王逸注此曰:"青冥,太清。"唐·李白《梦游天姥吟留别》:"青冥浩荡不见底,日月照耀金银台。"
④黄耳:狗。《晋书·陆机传》:"初机有骏犬,名曰黄耳。"后来"黄耳"从陆机家犬之名转而泛指狗类。
⑤鹧鸪啼:传统认为鹧鸪啼声凄苦,容易引发哀思。唐·白居易《山鹧鸪》:"朝朝暮暮啼复啼,啼时露白风凄凄。"
⑥微月:新月。《文选·傅休奕〈杂诗〉》:"清风何飘摇,微月出西方。"
⑦穷发:原指冷得难以生长植被的北方荒蛮之地,此处泛指不毛之地。《庄子·逍遥游》:"穷发之北有冥海者,天池也。"
⑧猲獠:南方少数民族。《坛经·行由品》:"这猲獠根性大利。"
⑨相将:相随。汉·刘向《古列女传·梁鸿妻》:"后复相将至会稽,赁春为事。"
⑩前度桃花:之前曾盛开过的桃花。唐·刘禹锡《再游玄都观绝句》:"种桃道士归何处,前度刘郎今又来。"
⑪讯:问。《说文解字》:"讯,问也。"

浅解：

　　1944年冬天，日军侵扰蒙山县城，饶公和无锡国专师生只能躲进荒村之中。在极其恶劣的生活环境里，他忧患之余仍保持着积极乐观的心态。按民国时的行政区划，岭祖村在蒙山县，今则划在金秀县，是个临近天堂山的小山村。在村里，饶公观梯田、闻鹧鸪，期盼山头桃花再度绽放，其雅兴颇具古人的旷达风致。

　　简译：我忽而流落到瘴气弥漫的荒村，整日同猪与蚊子为伍。想到林外一望青天，却怕被看门狗吵得烦扰。梯田种满水稻仿佛与云同高，山谷之间传来鹧鸪鸣声。浅水滩上松间露出新月，似在说这里正是荒郊野岭。我又岂需为飘泊生活叹息，虽只有土人相伴却也可称之为家。当要喝尽人鲊瓮之酒，仿佛在胡孙愁处奔跑疾步。不知山上桃花是否已绽放，我想攀上高藤向星斗询问答案。

清湘行　次放翁山南行韵

秦人昔破荆楚①日，鏖兵先自黔中②出。
制敌奇正环相生③，回首龙门④意怫郁⑤。
灵渠⑥无竭气尤豪，远同河海分朋曹⑦。
湖南从古清绝地，清湘弄碧九嶷⑧高。
百年草草征伐处，丛薄深菁宛如故。
海阳山⑨峻阵云深，陆梁⑩地僻烟尘暮。
长川形胜接中原，暂将坚壁掣鲸吞⑪。
前事不忘殷鉴⑫在，恢弘庸蜀⑬为本根。
（时迁都重庆。）

注释：

① 荆楚：即战国时的楚国。汉·高诱《吕氏春秋注》："荆，楚也。秦庄王讳'楚'，避之曰'荆'。"
② 黔中：楚国有黔中郡，在今湖北、湖南西部、贵州东北部。《史记·秦本纪》："又使司马错发陇西，因蜀攻楚黔中，拔之。"秦昭襄王二十七年，司马错率领秦军绕过部署在楚国西北边境的楚军防线，取道巴蜀，向楚国后方的黔中郡发动奇袭；之后两年内，白起继承司马错创造的战果，持续攻占楚地，甚至攻陷了楚国的郢都。
③ 奇正环相生：作战时，常规战术和奇兵之策相互依存、转化，变幻无常。《孙子·兵势》："凡战者，以正合、以奇胜。故善出奇者，无穷如天地，不竭如江海……奇正相生，如循环之无端，孰能穷之哉？"上句中的黔中之战、下句中的伊阙之战，均是秦军出奇制胜的典范战例。
④ 龙门：在今洛阳市南郊，古称伊阙。在对楚国发动黔中之战的十三年前，秦国曾在这里对抗韩国、魏国联军。《史记·秦本纪》："十四年，左更白起攻韩魏于伊阙，斩首二十四万，虏公孙喜，拔五城。"按《战国策》所载，韩魏互相有所保留，希望先消耗对方的兵力，而白起利用这点，绕道攻其薄弱，各个击破，以少胜多，乃至俘虏联军主帅，彻底击溃韩魏。日

后秦昭襄王在召白起奏对时，曾将伊阙之战和黔中之战并举，目之为势如破竹的大胜。

⑤怫郁：愤懑忧郁。《楚辞·东方朔〈七谏·初放〉》："不顾地以贪名兮，心怫郁而内伤。"

⑥灵渠：最早的人工运河之一，凿成于秦始皇三十三年，位于今广西兴安县境内，连通县东的湘江源头海洋河与县西的漓江源头大溶江。《史记·平津侯主父列传》："又使尉佗、屠睢将楼船之士，南攻百越，使监禄凿渠运粮。"

⑦朋曹：犹朋辈。唐·杜甫《雨》："针灸阻朋曹，糠籺对童孺。"

⑧九嶷：指九嶷山，古又作九疑山，在今湖南省永州市。《史记·五帝本纪》："南巡狩，崩于苍梧之野，葬于江南九疑，是为零陵。"

⑨海阳山：即海洋山，地处广西东北部。东汉时名之为"阳海山"，唐末五代时开始被讹称"海阳山"，元明以降被称为"海洋山"。湘江的源流——海洋河，即发源于此山之中。唐·莫休符《桂林风土记》："海阳山。在全义县北，及漓、湘二水源也。流至金义北三百步分流，北去作为湘，南下为漓。山下有庙，前政陈太保奏录，诏封广润侯。"

⑩陆梁：原指跳跃之状或张狂之貌，引申义为五岭以南之地。《史记·秦始皇本纪》："三十三年，发诸尝逋亡人、赘婿、贾人略取陆梁地，为桂林、象郡、南海，以适遣戍。"唐·司马贞《史记索隐》注此曰："谓南方之人，其性陆梁，故曰陆梁。"唐·张守节《史记正义》亦持一说："岭南之人多处山陆，其性强梁，故曰陆梁。"

⑪鲸吞：像巨鲸吞食小鱼一样大肆侵吞土地。宋·李之仪《过雨饮临颍何希仲家蒙督诗即席为赠》："周倾秦得汉亦起，虎噬鲸吞羝触藩。"

⑫殷鉴：可供殷商引以为戒的借鉴，即夏朝的灭亡；此处指秦经黔中灭楚之事可以作为当今的借鉴。《诗经·大雅·荡》："殷鉴不远，在夏后之世。"

⑬庸蜀：泛指四川。庸、蜀均为川地古国之名。晋·常璩《华阳国志》："巴汉庸蜀属益州。"

浅解：

　　饶公困居广西山中，临近湘江的源头。海洋河从广西流入湖南，成为湘江，其流域之所在，恰是古时楚国南部一带。这里重峦叠嶂，是天然的防御壁垒。战国末年，楚国对此地却不够重视，没有在此布下重兵，以至于被秦国奇袭黔中郡，遭到了重创。而当日寇侵华、国民政府迁都重庆之际，饶公想起了古事。湘桂黔既是当年楚国的西南屏障，也是如今重庆的东方门户。可是，在1944年，中国军队却溃败于湘桂。如果不能奋起阻击日寇，那么重庆的命运将与两千年前的楚国一般无二。念及于此，饶公难以抑制心头的焦虑，乃为是诗，希望国民政府以史为鉴，把握住战略要地，从而抗击侵略、赢得胜利。

简译：秦人昔日击破楚国时，先从黔中郡出兵。制敌需以奇正循环相生，回首伊阙战场令人愤懑。千载不断的灵渠气势豪迈，连通河海分隔朋曹。湖南自古是至清幽处，湘水碧绿九嶷山高。百年来纷乱征战之地，草木幽深宛如旧日。海阳山高耸入云，岭南偏远日暮烽烟。长河险要直接中原，且以坚壁阻止鲸吞。不忘前事以史为鉴，光大川渝以为根基。

始安竹枝词

余遘乱历平乐荔浦,其地即晋宋始安郡境。感颜延年之望泪心歔,效刘梦得之联歌赴节,为赋竹枝四首。

纵是温风①每愆时,满山还唱畲田词。
故蹊帝子②无人问,短笠长刀③赴乱离。

注释:

①温风:热风,是旧历六月时的天候之一。《礼记·月令》:"季夏之月……温风始至,蟋蟀居壁,鹰乃学习,腐草为萤。"
②帝子:指传说中尧的两个女儿——娥皇和女英,死在湘水一带。《楚辞·九歌·湘君》:"帝子降兮北渚,目眇眇兮愁予。"
③短笠长刀:农夫所用的笠与刀,借指农夫。刘禹锡《竹枝词》:"银钏金钗来负水,长刀短笠去烧畲。"

浅解:

在桂林南方逃难中,饶公目睹民众因日寇侵略而流离失所、更无从按时农耕,深为叹恨。念及宋代王禹偁作《畲田词》之时,百姓犹然刀耕火种、安居乐业,饶公感怀今昔,因而赋诗。

简译:即便温风常不能准时,满山仍唱着畲田之词。旧时来处没有人谈及帝子,农户已遭离乱于此世。

层层桃李散朱氛①,竹户茅茨②高概云。
灵秀昭州③容一盼,九疑④泷险此中分。

注释:

①散朱氛:散开泛红的雾气。南梁·王筠《苦暑》:"日坂散朱雾,天隅敛青

霭。"
②竹户茅茨：竹房茅屋。唐·释贯休《秋末入匡山船行》："岛上谁家住，茅茨竹户开。"
③昭州：古代州郡名，在今广西平乐。《明一统志》："唐置乐州，治平乐县；贞观中改昭州，属岭南道；天宝初改平乐郡；乾元初复为昭州。五代时属南汉。宋开宝中仍为昭州，属广南西路。元大德中改为平乐府。本朝因之，领州一县七。"清代仍因循而称平乐府。
④九嶷：指九嶷山，古又作九疑山，在今湖南省永州市。《史记·五帝本纪》："南巡狩，崩于苍梧之野，葬于江南九疑，是为零陵。"

浅解：

在遭受战乱之余，平乐县仍以它清丽的景致激发着饶公的诗兴，这里无论是山川花草还是亭台竹户，都犹有古昭州的遗风。

简译：层叠的桃李花朵散开红雾，竹房茅屋高居云中。在灵秀亭一览昭州，九嶷山的湍急流水在此中分。

甘岩①靖尉列山头，银钏②歌声拂水流。
崖处巢居③天不远，云间烟火是孤州。

注释：

①甘岩：广西桂林的一处山岩。唐·莫休符《桂林风土记》："甘岩。在府南八十里大江傍。其源出临川县界思磨山，自水下涌出。岩方十余丈，大如屋室，莫究其深浅。盛暑到彼，凛冽增寒。"
②银钏：妇女手上戴的银镯，代指妇女。刘禹锡《竹枝词》："银钏金钗来负水，长刀短笠去烧畲。"
③巢居：住在树上或高处。《庄子·盗跖》："古者禽兽多而人民少，于是民皆巢居。昼拾橡栗，暮栖树上，故命之曰有巢氏之民。"

浅解：

荔浦、平乐两县，地处始安故郡，民风淳朴而独特，风景亦不失奇崛；当地之山民居于高崖之上，这是民俗与景致相融合的最佳体现。崇山环绕之中，手戴银钏的妇女唱着歌谣前来取水，似乎让人忘记了战乱的侵扰。

简译：甘岩、靖尉山站在群山之前，女子的歌声拂过水流。住在山崖上离天不远，云间有烟火处是孤州古城。

断藤不绾东西岭①，丛木废池②乱后过。
日暮高城人不见，扣盘谁唱竹枝歌。

注释：

① 断藤不绾东西岭：桂平县西北与大瑶山相接处有大藤峡，传闻古时曾有大藤连结两岸。《广西名胜志·桂平县》："原名藤峡，旧传峡口有藤大如斗，长数百丈，连峡而生。"明代时被军队毁断。
② 丛木废池：破败的池阁处草木丛生。宋·姜夔《扬州慢》："自胡马窥江去后，废池乔木，犹厌言兵。"

浅解：

竹枝词是由民歌演化而来的诗体，格律如七言绝句，用语晓畅浅白。饶公的四首竹枝词虽然各自意义独立，但各诗的排序之先后，依然透露出其作为一个整体的深刻意义。第一首诗先展现了战乱之下农耕破坏、人民流离的画面；第二三首诗则体现了始安地区在离乱之外的民俗、风景之美；最后一首，饶公又复慨叹侵略战争对古县人民的伤害，他认为，虽然美景美俗可以暂时转移愤懑的情绪，但日寇侵略对我国家、人民带来的创伤却终是不可忘记的。

简译：断藤不能连结东西二岭，战乱后来到草木丛生的破败池阁。日暮时高城中不见人影，只听见有人扣盘而唱竹枝歌。

宋书州郡志，始安郡辖有荔浦平乐等地。颜延之出为始安太守，经汨罗有吊屈原文。其诗云："谒帝苍山蹊。"谓舜陵也。

王禹偁作畲田词，见小畜集八。明一统志平乐府形胜云："清湘九疑滩泷，至昭而中分，民居多茅茨竹户。"舆地纪胜引旧图经，昭州景物有灵秀亭，甘岩山；古迹有故孤州城，靖尉山。

中秋后五日，过文塘与赵文炳①，同宿李氏山楼。

岂是寻常作客时，灯窗谈笑慰驱驰②。
跨鞍食麦③人逾健，带郭横山④此一奇。
又见寒塘⑤收好月，待将旧梦入新诗。
几年浪走⑥空皮骨⑦，不为迷阳⑧始说疲。

注释：

①赵文炳：赵文炳（1900－1954），天水人，法学家、教育家、书画家，师从于右任，曾任国民政府第三四届立法院立法委员。1943年，赵文炳在桂林任教，其后广西受日寇侵扰时，亦与饶公等人一同避难于蒙山县及周围的山村。
②驱驰：奔波操劳。三国蜀·诸葛亮《出师表》："由是感激，遂许先帝以驱驰。"
③跨鞍食麦：形容年老时犹然身体健康、身手矫捷。《史记·廉颇蔺相如列传》："赵使者既见廉颇，廉颇为之一饭斗米、肉十斤，被甲上马，以示尚可用。"
④带郭横山：城郭之外即紧挨着山岭。《史记·货殖列传》："及名国万家之城，带郭千亩亩钟之田。"
⑤寒塘：秋水寒冷的池塘。唐·赵嘏《寒塘》："晓发梳临水，寒塘坐见秋。乡心正无限，一雁度南楼。"
⑥浪走：四处奔走。宋·苏轼《送安惇秀才失解西归》："万事早知皆有命，十年浪走宁非痴。"
⑦空皮骨：空乏皮骨，形容极瘦瘠的身躯。唐·杜甫《将赴成都草堂途中有作先寄严郑公五首》之四："三年奔走空皮骨，信有人间行路难。"
⑧迷阳：荆棘。《庄子·人间世》："孔子适楚，楚狂接舆游其门，曰：'……迷阳迷阳，无伤吾行……'"明·王夫之《庄子解》："野草也。"王先谦《庄子集解》："谓棘刺也。生于山野，践之伤足。"

浅解：

饶公在蒙山县时，与从西北来避难的赵文炳先生过从甚密，饶公其时未及而立之年，赵文炳虽比饶公年长，但当时亦不过40余岁。由于经年以来的奔波，两人均已饱受劳累，但精气神却仍很充盈，乃有自嘲"年老"而身体犹健之语。颠沛的逃难途中，却能有投契的学问之友，可以谈笑而不觉夜深将寐，实在称得上是一件幸事。既然能见城之外郭，故饶公彼时应在蒙山县城之内。

简译：现在岂是寻常客居时期，在灯窗下谈笑以慰藉奔波之苦。骑马、饱餐证明身体愈加康健，山岭紧贴城郭堪称神奇。又见寒塘倒映美丽的月影，且将旧梦写入新诗。几年来四处奔走空乏身躯，但不会因怕荆棘才表示疲倦。

九日杂诗

中酒①枯肠亦吐芒，高秋②坐惜去堂堂③。
江山不负劳人意，又放颓阳④到野塘。

注释：

① 中酒：饮酒半酣之时。宋·吴文英《风入松》："料峭春寒中酒，交加晓梦啼莺。"
② 高秋：九月初九，即重阳节。南梁·简文帝《九日》："是节协阳数，高秋气已清。"
③ 去堂堂：时光公然逝去。宋·王安石《和东厅韩子华侍郎斋居晚兴》："壮节易摧行踽踽，华年相背去堂堂。"
④ 颓阳：落日。唐·李白《古风》："浮云蔽颓阳，洪波振大壑。"

浅解：

　　1944年重阳佳节，饶公却仍困居蒙山县。酒后虽然诗兴大发，但终无法消解悲秋的愁绪。面对西下的斜阳，他不禁感叹似水流年。
　　简译：酒酣时虽仍饥饿亦能口吐锋芒，重阳坐惜时光就此逝去。江山风景不辜负操劳者之意，又放任落日降在野塘。

菊带霜威①护短篱，危城清酾②敌凄其③。
山河表里④如襟带⑤，谁信投荒某在斯。

注释：

① 霜威：即霜的威势，是与重阳相关的典故。南梁·王修巳《九日》："霜威始落翠，寒气初入堂。"
② 清酾：清而醇的酒。清·法式善《吴谷人前辈勘定拙诗并许为序》："我诗如清酾，君诗如浊醪。"

③凄其：凄凉之貌。《诗·邶风·绿衣》："絺兮绤兮，凄其以风。"
④山河表里：山河分处内外而重重围住要地，形容地势险要。元·张养浩《山坡羊·潼关怀古》："峰峦如聚，波涛如怒，山河表里潼关路。"
⑤如襟带：如襟带一般束缚住要害。晋·陆机《辨亡论》："襟带要害，以止吴人之西。"

浅解：

  菊花带霜，秋意正浓，一切都是重阳应有的景致，但饶公却凄戚得只能靠酒来消解愁苦。中华大地山河萦环、多有形胜险阻，可国民政府却只知据此而步步退却。饶公谓"谁信投荒某在斯"，既是慨叹自己在山河屏障之下仍需逃难，又是暗刺国民政府似乎仅欲以天险御敌，于人事则未尽。

  简译：菊挟霜戚护住短篱，在危城中只有酒能对抗凄戚。山河重叠如同襟带般锁住要害，谁曾想我会投荒在此。

碧涧中藏万斛愁①，浮云偏滞古蒙州。
亦知竹叶非无分，难得山翁折简②留。

注释：

①万斛愁：不尽的愁绪。南梁·庾信《愁赋》："谁知一寸心，乃有万斛愁。"
②折简：折竹简以写信。唐·房玄龄等《晋书》："以君非折简之客故耳。"

浅解：

  饶公避难路途中犹如浮云般飘拂不定，对于蒙山县能在相当一段时间内庇护自己，他怀有真挚的感激之情。

  简译：流水藏有不尽之愁，浮云偏滞留于蒙州。也知道竹叶并非没有分量，难得的是山翁折简对我相留。

峡里轻雷晚自哀，干戈忧患镇相催。
人间未废登高例，且插茱萸①归去来②。

注释：

①且插茱萸：重阳时的民俗，以茱萸插在头上。唐·王维《九月九日忆山东兄弟》："遥知兄弟登高处，遍插茱萸少一人。"

②归去来：归隐故园。晋·陶潜《归去来兮辞》："归去来兮，田园将芜胡不归。"

浅解：

　　峡谷中的蒙山县暂时偏暗一隅，但外面到处仍是侵略者燃起的战火，阻隔了通往乡关的道路。饶公按重阳习俗插茱萸而登高，以此抒发思乡的情怀。

　　简译：傍晚谷中雷声令我心哀，战乱与国难反复逼我烦怨。世间终仍有重阳登高之例，暂且插上茱萸以志思归故园。

茧足犹能却曲吟，万山何处白云深。
莫愁九日多风雨①，记取壶冰一片心②。

注释：

①九日多风雨：用潘大临残句之典。宋·潘大临："满城风雨近重阳。"

②记取壶冰一片心：记得我一片如壶中冰晶一般洁净的心。唐·王昌龄《芙蓉楼送辛渐》："洛阳亲友如相问，一片冰心在玉壶。"

浅解：

　　在风雨飘摇的重阳节，饶公身形受役，心思却随诗兴而扶摇万里。在满怀家国身世之感的同时，他从静中涵养使自己不尽日徒然焦虑，从而保持淡泊的冰心。

　　简译：行动受缚仍能作不平之鸣，山中何处最是幽深多云。不须因重阳多风雨而愁苦，要记得我心如壶中冰般淡泊清净。

示贾生辅民①时避兵龙头村

同是无家客②,解缧③意独愠。
风昏万象④默,地仄百房屯。
灯下呻吟语,垆边犊鼻裈⑤。
交亲料此日,剪纸与招魂⑥。

注释:

① 贾生辅民:贾辅民,1920年8月生,1944年无锡国专毕业。
② 无家客:流离失所的客行之人。明·王问《赠吴之山》:"看君已作无家客,犹是逢人说故乡。"
③ 解缧:解除束衣的绳线,即脱衣。唐·张说《赠户部尚书河东公杨君神道碑》:"雨不接夜,身不解缧。"
④ 万象:世间的一切存在者。汉·京房《京氏易传》:"阴中有阳,气积万象。"
⑤ 犊鼻裈:短裤,形状如牛鼻。《史记·司马相如列传》:"相如自著犊鼻裈,与保庸杂作涤器于市中。"
⑥ 剪纸与招魂:剪纸作幡为我等招魂。唐·杜甫《彭衙行》:"暖汤濯我足,剪纸招我魂。"

浅解:

  离乱之中,乡亲故交已无从联络,此时,身边苟若有一个岁数相近、旨趣相仿的人,往往能带来很大的慰藉、能促成极深的友谊。蒙山县也已遭日寇侵略,只能避入山村,饶公此时特别需要有人在艰难岁月中相互扶持。荒村深夜,与室友灯下相语,同样的遭际让人更加理解彼此。

  简译:同是流离客行人,解衣欲睡心幽闷。天风昏浊万物静默,地势不平房屋囷聚。灯下的嗟叹之声,土台边上的犊鼻之裤。亲戚旧友知道我等今日如此,或要剪纸作幡为我等招魂。

遣 怀

贷得青山樵爨①缺,去来赤脚水云间。
凿垣聊可追王霸②,作赋何曾让小山③。
隔县贼尘惊睐目,绪风④晓角⑤下茅菅⑥。
千忧缠绕还成笑,剩觉题诗力未孱。

注释:

①樵爨:生火做饭用的木柴。北齐·魏收《魏书·燕凤传》"军无辎重樵爨之苦,轻行速捷,因敌取资,此南方所以疲敝而北方之所常胜也。"
②王霸:东汉光武帝时的武将,曾率众堆石撒土而修筑障壁,以抵御胡虏。《后汉书·王霸传》:"诏霸将?刑徒六千余人,与杜茂治飞狐道。堆石布土,筑起亭障,自代至平城三百余里。"
③小山:即晏几道,号小山,是北宋时的词人。其父即是北宋仁宗时的宰相、词人——晏殊。
④绪风:秋冬时的余风,往往是北风。《楚辞·涉江》"乘鄂渚而反顾兮,欸秋冬之绪风。"
⑤晓角:报晓的号角声。唐·白居易《代书诗一百韵寄微之》:"一点寒灯灭,三声晓角吹。"
⑥茅菅:泛指野草。北魏·贾思勰《齐民要术》:"割作棒炙形,茅菅中苞之;无菅茅,稻秆亦得。"

浅解:

饶公在蒙山县,亲身参加劳动,劳作的充实让他颇感自矜。蒙山县虽尚属平静,能让饶公一行人容身,但县外日寇依旧肆虐,且随时可能侵扰蒙山。因此,暂时的宁静,并不能抚平饶公的身世忧虑。忧愁到了极致,竟只能化为无奈的一笑。

简译:向青山借得所需之柴,光脚来回于云水之间。凿建垣墙堪比王霸,写词作赋不逊晏小山。惊觉被县外日寇所扬的尘埃眯了眼,北风在报晓的号角声中吹拂野草。忧患既多竟化成一笑,只觉得剩下的力气尚能写诗。

雨　夜

此身牢落瘴云①西，行处无端又野蹊。
坐对青山羞氍毹②，起烧红烛与提携。
荒村断雁③风初厉，急浪寒蛩④夜欲啼。
那可久留秋雨恶，思归只怕路成泥。

注释：

①瘴云：即瘴气。宋·范成大《桂海虞衡志》："瘴，两广惟桂林无之，自是而南，皆瘴乡矣。""瘴云西"即指广西一带。

②氍毹：愁闷的样子。唐·李肇《唐国史补》："不捷而醉饱，谓之打氍毹。"

③断雁：离群孤雁。隋·薛道衡《出塞》："寒夜哀笛曲，霜天断雁声。"

④寒蛩：深秋的蟋蟀。宋·岳飞《小重山》："昨夜寒蛩不住鸣，惊回千里梦，已三更。"

浅解：

饶公一行逃难时流落荒村，环境恶劣不堪。在这种情况下，对故乡的思念就愈发变得浓烈。谓道路泥泞阻断归途，其实是拣小处说。当时日寇肆虐于华夏大地，回乡路上处处战火，其对于回归故里的阻隔，又岂是雨后泥泞难行的小路所可比？言在此而意在彼，饶公沉郁地表达了对侵略者的愤恨。

简译：我被困在瘴气之地，所经行处又偏是野径险途。坐朝青山我羞恶愁闷，起身点燃并拿起红烛。风变凄厉时荒村上孤雁飞过，急浪拍打声令蟋蟀欲在夜里鸣叫。秋雨恶劣岂可久留，思归故里却恐怕路已成泥。

秋怀三首

旧圃经霜始着花，髡枝^①拥得夕阳斜。
旁人错比芳菲节^②，指点天涯一角霞。

注释：

①髡枝：修剪枝叶。清·程颂万《卢沟桥和赠徐花农提学》："沙向秋黄催鬓影，柳如春绿不髡枝。"
②芳菲节：花开的时节。宋·欧阳修《玉楼春》："洛阳正值芳菲节，秾艳清香相间发。"

浅解：

在秋日里，园圃里的花经霜之后反而开放了，修剪枝叶后，花显得更加红艳，竟让人误以为尚在春季。但赏花之际，夕阳已在瞬息之间落下，只留天边的一抹晚霞；与此相对，花虽傲放于秋霜之下，但既不合时节，终将很快凋零，这不能不使人为之感到遗憾。

简译：旧园圃之花经霜才开放，剪去繁枝后与夕阳相映红。旁人错以为正是开花的时节，遥指天际只剩一角的晚霞。

破碎河山揽一围，极天零雨只霏微^①。
坐怜壮士秋风里，九月天寒未授衣。

注释：

①霏微：细雨弥漫的样子。唐·杜甫《曲江对酒》"苑外江头坐不归，水精宫殿转霏微。"

浅解：

秋雨纷纷，最容易惹人愁绪。在国难当头而个人流离之时，饶公于雨中却未止于自哀,而是想到了奋战在抗日前线的将士们,怜惜他们在舍身抗战之余还要受冻。饶公关心战士的冷暖,体现了他对抗战胜利、金瓯复完的强烈希望。

简译:意欲重整破碎的山河,漫天细雨却仍到处弥漫。我怜惜屹立于秋风里的将士,天寒的九月里犹未添衣。

<blockquote>
万缕秋光付野烟,不从野望始茫然。
神京①梦里劳西顾,念乱心如下濑船②。
</blockquote>

注释:

① 神京:即国都。唐·白居易《江上对酒》:"家乡安处是,那独在神京。"唐代定都长安,又设洛阳为陪都,号称"神都"。国民政府当时正以陪都重庆作为"战时首都"。

② 下濑船:行于浅水急流中的平底快船。唐·颜师古《汉书注》引臣瓒之语,谓:"濑,湍也。吴、越谓之濑,中国谓之碛。《伍子胥书》有下濑船。"

浅解:

秋光本应明媚,但战火中的秋天却遍地烽烟。饶公心系重庆政府,每念及此便心生烦忧。这不但体现了饶公对中央政府的感情,更表明饶公希望政府能拯救它所代表的国家、民族。于是,对国家、民族的关怀,就和对政府的希冀交缠在了一起。

简译:秋天的美景已销于四野烽烟中,不至郊野而远望才觉得茫茫然。梦里频繁西望神京,忧愁烦乱的心绪犹如湍流中的小船。

何蒙夫①乱离中守其先德不去卢集未尝去手，投之以诗。

余生悬虎口，尽室②寄龙头。（村名。）
万户多荆杞③，孤村有戍楼。
未忘款段马④，早作济川舟⑤。
二柄⑥终妨汝，因风思旧丘⑦。

注释：

①何蒙夫：何觉，字蒙夫，广东顺德人，是晚明诗人北田馆主何不偕的族孙，当时亦在广西讲学而与众人一道蒙受流离。
②尽室：全家。《春秋左传》："及共王即位，将为阳桥之役，使屈巫聘于齐，且告师期，巫臣尽室以行。"
③万户多荆杞：村落破败不堪，房屋杂草丛生。唐·杜甫《兵车行》："汉家山东二百州，千村万落生荆杞。"
④款段马：行动缓慢的普通马，代指安稳平凡的生活。《汉书·马援列传》："乘下泽车，乘款段马。"
⑤济川舟：能横渡江河的大船，比喻能匡扶世道之士。《尚书·说命上》："说筑傅岩之野，惟肖。爰立作相，王置诸其左右，命之曰：'……若济巨川，用汝作舟楫。'"
⑥二柄：原指赏、罚，近代亦以此借代戴眼镜之人。《韩非子》："明主之所以导制其臣者，二柄而已矣。二柄者，刑、德也。"唐·韦庄《和郑拾遗秋日感事一百韵》："九流虽暂蔽，二柄岂相妨。"饶公之句系戏用此句。
⑦旧丘：故乡。刘宋·鲍照《代结客少年场行》："去乡三十载，复得还旧丘。"

浅解：

　　饶公身经艰险、流落山村，尚能在写诗赠与友人时稍微戏谑一番，反"二柄岂相妨"之意而用之，调侃何蒙夫戴眼镜的样子。不过，开点小玩笑已经是饶公所能自我排遣之极限了，纵在游戏文字之时，感时、思乡的情绪仍不住地拥进他的心中。此时的玩笑话，是满心忧愁之际的强颜欢笑。

简译：残存的生命仍悬于虎口，你大家寄身在龙头村。房屋破败生杂草，孤村尚有防御塔楼。未曾忘却昔日安稳生活，却早就誓要匡救世道。眼镜终究有碍于你，趁着风起思念故乡。

邻鸟同止止①，夏屋尚渠渠②。
节概③须眉里，文章忧患余。
可堪闻战伐，且复侣樵渔④。
未老山中客⑤，惟应赋卜居⑥。

注释：

①止止：鸟不飞而停集。《诗·小雅·四牡》："翩翩者鵻，载飞载止，集于苞杞。"《庄子·人间世》："虚室生白，吉祥止止。"
②夏屋尚渠渠：大屋极其深广。《诗·秦风·权舆》："于我乎，夏屋渠渠。今也每食无余。"
③节概：品节气概。《三国志·吴书·潘濬陆凯传》："潘濬公清割断，陆凯忠壮质直，皆节概梗梗，有大丈夫格业。"
④侣樵渔：与樵夫和渔人为伴，指隐居。宋·陆游《书壁》："渔樵皆结友，邻曲自通婚。"
⑤山中客：隐居者。唐·韦应物《寄全椒山中道士》："今朝郡斋冷，忽念山中客。"
⑥卜居：《楚辞》有《卜居》篇。

浅解：

饱经战乱侵扰的饶公，长期忍受日寇侵略带来的流离，对疲敝的时局感到无奈。作为一个学者，如今他困居山里，犹如隐士，只能与友人相对而抒发身世之感。

简译：周围的鸟皆已停集，大屋极其深广。须眉之中藏有品节气概，忧患之后写就文章。哪堪再听战伐之事，将与渔樵为伴。山中隐者未老，应当写《卜居》之篇。

冼玉清①自连州燕喜亭②贻书及诗，予避兵西奔，仓皇中赋报。

千秋燕喜亭，寂寞今无主。
玉想琼思③处，江山伴凄苦。
地似皋桥④僻，怀哉⑤暂羁旅。
出郭濑浅浅，入门风虎虎。
攀桂聊淹留⑥，万方⑦惊窘步⑧。
遗我尺素书⑨，未曾及酸楚。
日月苦缠迫，春愁种何许。
山中⑩听蟪蛄⑪，吟篇应无数。
十年拓诗境，颂洞⑫复几度。
且试写古抱⑬，宁复怨修阻⑭。
休谱陟屯歌⑮，哀时泪如雨。

附原作：

卖痴声不到山村，祈谷人家笑语喧。
我自无聊闲读赋，蟪蛄鸣处忆王孙。

注释：

①冼玉清：(1895—1965)，女，广东南海西樵人，号碧琅玕馆主，人称"岭南才女"。是著名文献学家、画家、诗人，曾任岭南大学中文系教授、岭大教务长、岭大博物馆馆长。

②燕喜亭：位于广东清远连州燕喜山麓，始建于唐代贞元年间，距今已有一千二百余年的历史。韩愈被贬至此地时曾游兹亭，将它命名为"燕喜亭"，并写下《燕喜亭记》。其后，刘禹锡、孟郊、周敦颐、张浚等人均先后至此，留下了石刻的诗文或题字。

③玉想琼思：形容思想坚定纯真。清·龚自珍《铁君惠书有玉想琼思之句衍成一诗答之》："不须文字传言语，玉想琼思过一生。"

④皋桥：地名，是汉水的支流入口。南梁·庾信《哀江南赋序》："下亭漂

泊，高桥羁旅。""高桥"一作"皋桥"。清·吴兆宜《庾开府集笺注》引《水经注》："门水右注汉水，谓之高桥溪口。"

⑤怀哉：思念故乡安否。《诗·王风·扬之水》："怀哉怀哉，曷月予还归哉。"

⑥攀桂聊淹留：爬上枝头，周旋踟蹰。《楚辞·招隐士》："猿狖群啸兮虎豹嗥，攀援桂枝兮聊淹留。"

⑦万方：全国各地，全国人民，百姓。《尚书·汤诰》："诞告万方。"唐·杜甫《登楼》："花近高楼伤客心，万方多难此登临。"

⑧窘步：疾走。《楚辞·离骚》："何桀纣之猖披兮，夫唯捷径以窘步。"汉·王逸作注曰："窘，急也。"

⑨遗我尺素书：书信。《文选·饮马长城窟行》："客从远方来，遗我双鲤鱼。呼儿烹鲤鱼，中有尺素书。"

⑩山中：指在山里不觉岁月流逝。南梁·任昉《述异记》："信安郡石室山，晋时王质伐木至，见童子数人棋而歌，质因听之。童子以一物与质，如枣核。质含之，不觉饥。俄顷，童子谓曰：'何不去？'质起视，斧柯烂尽。既归，无复时人。"

⑪蟪蛄：一种生命极短的小虫。《庄子·逍遥游》："朝菌不知晦朔，蟪蛄不知春秋。"

⑫洶洞：汹涌震动。汉·贾谊《旱云赋》："运清浊之洶洞兮，正重沓而并起。"

⑬古抱：古朴的心胸怀抱。朱自清《怀南中诸旧游》："古抱当楚见，豪情百辈输。"

⑭修阻：路途遥远而阻隔。唐·钱起《淮上别范大》诗："游宦且未达，前途各修阻。"

⑮阨屯歌：即厄屯歌，东汉时赵岐逃难中所作。"阨"古同"厄"，即灾苦之意；"屯"取《周易》中屯卦之卦名，亦是困难艰险的意思。屯卦《彖传》："屯，刚柔始交而难生，动乎险中。"案屯卦在《周易》卦序中紧次于乾、坤二卦之后，是首个阴阳爻交杂之卦，故曰"刚柔始交"；且其内震外坎，震卦谓动，坎卦谓险，故曰"动乎险中"。

浅解：

饶公19岁时曾受聘于国立中山大学广东通志馆，负责修编艺文志，而之前承担此工作的正是时任岭南大学教员的冼玉清，两人很早就有交游。冼玉清年长饶公20余岁，作为学术的先行者，于饶公亦师亦友。收到冼玉清从粤北寄来的书信及赠诗时，身处桂东的饶公同样正流离于荒村之间。逃难于深山之中，与外界鲜有往来，不免让人有与世隔绝之感，乃至如蟪蛄一般不识春秋、似王质一样不知今夕何夕。此时，收到故交的来信，饶公遥思冼玉清与己相似的磨难，便在诗中与之共勉。

简译：千年长存燕喜亭，如今寂寞无主人。纯真笃定运思处，江山相伴共凄苦。此地偏僻如皋桥，忽处羁旅却思念故乡。步出城郭急流浅浅，入门之际风声虎虎。爬上枝头周旋踟蹰，举国百姓受惊疾走。收到书信，来不及心酸痛楚。时光苦苦相逼，春愁来自何处。虫鸣山中恍如隔世，写就无数诗篇。十年之内开拓诗境，历经几番汹涌震动。将尝试抒写古拙怀抱，宁愿怨恨路遥相阻。休要谱写《陑屯歌》，听之心哀泪如雨下。

黄牛山①。山在永安州西二十里，州人避寇，结茅绝顶焉。

　　昔我读水经，知有黄牛峡。
　　掩卷辄神往，肺腑若与狎。
　　岂知后十年，其境果身及。
　　地仄异西陵②，径险逾西狭③。
　　重岩远际天，壁立如骈胁④。
　　骎骎⑤属稠林，弥望疑马鬣。
　　澄潭余尺水，甘苦堪一歃。
　　下窥万鸦沉，烟雨可吐欱⑥。
　　不用悬身登，已觉筋力乏。
　　弧矢暗江海⑦，罔象⑧浮岌嶪⑨。
　　兹焉结茅茨⑩，弥想古耒耜⑪。
　　吾生百炼钢，万险那能劫。
　　政可追冥搜⑫，山卉即象法⑬。
　　易堂隐翠微⑭，守志乃鸿业。
　　嗟哉二三子⑮，临履⑯莫云怯。

注释：

①黄牛山：在广西蒙山县（古称永安州）以西。北魏·郦道元《水经注》："江水又东，径黄牛山下，有滩名曰黄牛滩。南岸重岭叠起，最外高崖间有石色，如人负刀牵牛，人黑牛黄，成就分明，既人迹所绝，莫得究焉。此岩既高，加以江湍纡回，虽途径信宿，犹望见此物。故行者谣曰：'朝发黄牛，暮宿黄牛，三朝三暮，黄牛如故。'言水路纡深，回望如一矣。江水又东，径西陵峡。"案《水经注》言及的黄牛山在湖北宜昌以西，并非饶公所亲历的广西永安黄牛山。

②西陵：指长江西陵峡，在湖北宜昌一带，历史上以其航道曲折、怪石林立、滩多水急、行舟惊险而闻名。《水经注》中所记的湖北黄牛山在西陵峡西端，故饶公顺势以广西黄牛山与西陵峡对比，言此地比西陵峡更为奇险。

③西狭：指甘肃成县天井山鱼窍峡，其地有东汉摩崖颂碑《武都太守李翕西狭颂》。其文曰："……郡西狭中道，危难阻峻，缘崖俛阁，两山壁立，隆崇造云，下有不测之溪[…]阨芒促迫，财容车骑，进不能济，息不得驻，数有颠覆霣隧之害，过[…]刿楚，惴惴其栗……"足见其地路径险恶。

④骈胁：指人胁骨紧密[…]连如一整体，古人认为这是圣人之象。《春秋左传》："曹共公闻其骈[胁]，欲观其裸。"

⑤駓騃：形容地势如[…]奔腾一般起伏不平。汉·扬雄《甘泉赋》："崇丘陵之駓騃兮，深沟嶜[…]而为谷。"

⑥吐欱：吐出、吸[入]。形容山高以致觉烟雨俱低。南陈·后主陈叔宝《五言画堂良夜履长在[…]次管赋诗列筵命酒十韵成篇》："原叶或委低，岫云时吐欱。"

⑦弧矢暗江海[…]使四方离乱。"弧矢"即弓与箭，代指战争。唐·杜甫《草堂》："[…]暗江海，难为游五湖。"

⑧冈象：水[…]之状。《楚辞·远游》："览方外之荒忽兮，沛冈象而自浮。"

⑨岧嶤：[高峻]之貌。《文选·张衡〈两京赋〉》："疏龙首以抗殿，状巍峨以岧嶤。"

⑩[…茅]屋。《韩非子》："旄象豹胎必不衣短褐而舍茅茨之下，则必锦衣[…]高台广室也。"

⑪[耒]耜：翻土农具。《韩非子》："身执耒耜，以为民先。"

⑫冥搜：神思玄想。唐·杜甫《同诸公登慈恩寺塔》："方知象教力，足可追冥搜。"

⑬山卉即象法："象法"犹言象教之法，即佛法。此句谓山花即含有佛法，系化用"拈花一笑"之典。"世尊在灵山会上，拈花示众，是时众皆默然，唯迦叶尊者破颜微笑。世尊曰：'吾有正法眼藏，涅槃妙心，实相无相，微妙法门，不立文字，教外别传，付嘱摩诃迦叶。'"

⑭易堂隐翠微：江西宁都县有翠微峰，峰顶有易堂，系由宁都人魏兆凤修建并命名于明末清初。《清史稿》："魏禧，字冰叔，宁都人，父兆凤，诸生。明亡，号哭不食，翦发为头陀，隐居翠微峰。是冬，筮离之乾，遂名其堂为易堂。旋卒。"清·孔尚任《逢宁都魏和公昭士父子谈翠微峰之胜诗以纪之》："此去宁都阻万山，易堂更在翠微间。"

⑮二三子：同行的友人。宋·辛弃疾《贺新郎》："知我者，二三子。"

⑯临履：处境艰难。《诗·小雅·小旻》："战战兢兢，如临深渊，如履薄冰。"

浅解：

饶公行至黄牛山，对其险峻大加感叹。他想到了明末清初隐居翠微峰之易堂而不仕满清的魏家父子，于是以此勉励同行的友人。魏兆凤为避清而隐于翠微，饶公等人因日寇侵略而困居山中，两者何其相似。

简译：我昔日读《水经注》，知道有黄牛峡。合上书就心驰神往，内心与之十分亲近。岂料十年过去，果真身临其境。地势起伏甚于西陵，山径艰险超过西狭。重叠的山岩远与天齐，崖壁耸立如同骈胁。密林起伏不定，远望如同马鬣。澄净的潭水一尺多深，其味道如何值得一尝。向下望见群鸦低飞，烟雨均可吐吸。不须亲身登高山，望时已觉筋骨乏力。战火使四方离乱，水及山齐乾坤颠倒。在此结茅屋而居，遥想古时禹之耒耜。我们如百炼精钢，千难万险岂能摧折。政可上追玄想，山花即是佛法。易堂隐于翠微峰之上，坚守志向才能恢弘大业。我的友人们啊，处境艰难时切莫胆怯。

文墟①早起

支颐②万念集萧晨③,独立危桥数过人。
一水将愁供浩荡,群山历劫自嶙峋④。
平时亲友谁相问,故国归期倘及春。
生理⑤懒从詹伊⑥卜,荒村只是走跤跤⑦。

注释:

①文墟:广西蒙山县有文墟镇。
②支颐:以手托下巴。唐·白居易《除夜》:"薄晚支颐坐,中宵枕臂眠。"
③萧晨:秋天里的早晨。《文选·殷仲文〈南州桓公九井作〉》:"哲匠感萧晨,肃此尘外轸。"唐代李善等人作注时谓:"萧晨,言秋晨也。言秋晨萧瑟。"
④自嶙峋:当然突兀不平。宋·陈造《次韵到房交代招饮四首》:"十里髻鬟谁绾结,半天苍翠自嶙峋。"
⑤生理:生存的希望。宋·曾巩《代太平州知州谢到任表》:"方喜便于庭闱,遽已罹于家祸,苟全生理,复齿班荣。"
⑥詹伊:《卜居》所载的一位太卜。《楚辞·卜居》:"屈原既放……乃往见太卜郑詹尹。"《周礼》:"太卜掌三兆之法……掌三易之法……"
⑦跤跤:行走之貌。《文选·张衡〈两京赋〉》:"怪兽陆梁,大雀跤跤。"唐代刘良注:"陆梁、跤跤,皆行走貌。"

浅解:

　　首联可与温庭筠的"晨起动征铎,客行悲故乡"相比较。同样写客行之晨,温诗乃是怀着既定目的而晨早动身起行,可谓动而怀静;饶诗却是无目的而万念交杂地伫立于清晨,可谓静而怀动。温诗写出了客行时的劳累,饶诗则凸显了客行之人因缺乏安定生活而产生的焦虑烦闷。饶诗之所以与温诗易趣,很大程度在于其时举国正面临前所罕有的侵略。在这种情况下,饶公一行的客行颠沛,是躲避日寇侵袭的被动之举,其迁徙辗转虽然频繁,但终被困在桂东一隅。国家前途未决,个人前程未定,饶公如何不万念交杂?

此外，颔联出句风味颇与辛弃疾"遥岑远目，献愁供恨"相似，对句则类乎姜夔"数峰清苦，商略黄昏雨"，皆是化景为人之法。如此一来，山水如同一介国民，亦在战火中受到摧残而胸堆愁绪。山水承养万民，而观山水以寄情者则在诗人一身之上。通过将愁思投射至山水的笔法，饶公便将家恨与国仇紧紧联系在一起。

简译：以手支颐时千万思绪涌聚在秋晨，独自立于高桥任旁人经过。流水使我愁思浩荡，历劫后的群山兀自峻峭嶙峋。故亲旧友岂曾谈及我，回乡之期要等到春天。懒得向詹伊卜问生存之计，只能在荒村间奔走不停。

寄怀俞瑞征①丈以尚有秋光照客衣为韵

团团②中秋月，年年有新样。
今年文耳塘，夕辉胜朝亮。
贱子诚不速③，斗饮倒佳酿。
生涯托铺啜④，兹焉即微尚⑤。
如何会难常，西窜真无妄⑥。
万方同逼仄，可奈去心赏⑦。
奋飞阻山河，轸结⑧难名状。
斯乐岂偶然，追思辄神王。

连月失名城，势如拉枯朽。
反怕消息来，寸心亦何有。
六合惊涂炭，微生同敝帚。
重华⑨今渺冥⑩，谁是格苗手⑪。
蛮貊⑫怀忠信，诗书开户牖⑬。
寄声⑭虑不达，城阃⑮屡搔首。
平生历锋镝⑯，已成丧家狗⑰。
祛除戎马气，端恃一杯酒。
放心浩劫前，有藤大如斗⑱。

山居等蟋蛄⑲，不复知春秋。
死钻旧纸堆，闭门当远游。
不敢学虞卿⑳，著书说穷愁。
愿如梁江总㉑，还家尚黑头。
故乡不可望，泪与浮云浮。
亦知非吾土，日日强登楼。

贾生同卧起，落月仰屋梁㉒。（与贾生辅民同榻。）
引我飘摇心，天使落要荒。
敢陋九夷居㉓，谓可希虞唐㉔。

洞庭渺天末，欲济无舟航㉕。
湖湘三数子，契阔㉖涕沾裳。
此日足可惜，得酒当细赏。
无须叹飞鸢，且为恤赪鲂㉗。

足跟愈坚牢，世态愈可笑。
黄钟㉘终毁弃，瓦釜竟雷叫。
天道果回旋，畴能观其徼㉙。
甚欲诉真宰㉚，为予铲六窍。
新知俞夫子㉛，语默㉜天下妙。
肝胆明冰日㉝，千里倘相照。
行已虑犹非，愿言证古调。

瑶山少人到，有田无阡陌㉞。
灌莽㉟作友于㊱，饥鹰夜不匿。
如何耳顺㊲年，来此蹈危石。
天心诚叵测，簸弄㊳岂终极。
伯儒来书言，径狭不及尺。
怵惕㊴久难进，骇汗生两腋。
我昔陟岭祖㊵，曾作蜑中客㊶。
今也缺追随，连云横战格㊷。
无因送百壶，为公增脚力。

日日但寝饭，薾薾㊸失所归。
昏旦变气候，烟雨荒是非。
比者失新墟，远骑来打围。
十里无人行，虫沙㊹伏以飞。
孤生绝因依，肉食不能肥。
千山如囚牢，一水如缥徽㊺。
岂复长拘觥㊻，念此欲涕挥㊼。
谁能叫帝阍㊽，早晚罢戎衣。

注释：

①俞瑞征：俞钟彦，字瑞征，曾学于江南陆军学堂，是章士钊（1881—1973）在江南陆军学堂学习时的同学、舍友。曾任教于无锡国专。

②团团：浑圆貌，多用来形容或指代月亮。《文选·班婕妤〈怨歌行〉》："裁成合欢扇，团团似明月。"

③不速：不经邀请而突然前来，此处是饶公自谦之辞。《周易》需卦上六爻辞："入于穴，有不速之客三人来，敬之终吉。"

④餔啜：吃喝。《孟子·离娄上》："孟子谓乐正子曰：'子之从于子敖来，徒餔啜也。'"

⑤微尚：微小的意愿，常用作谦辞。晋·谢灵运《还旧园作见颜范二中书》："圣灵昔回眷，微尚不及宣。"

⑥无妄：不测，难以意料。《周易》无妄卦："其匪正有眚，不利有攸往。"

⑦去心赏：《文选·谢朓〈京路夜发〉》"文奏方盈前，怀人去心赏。"

⑧轸结：心中沉郁而痛苦。《楚辞·九辩》："重无怨而生离兮，中结轸而增伤。"

⑨重华：即虞舜。《楚辞·涉江》："驾青虬兮骖白螭，吾与重华游兮瑶之圃。"

⑩渺冥：遥远无据。刘师培《文说》："言虽成理，事或渺冥。"

⑪格苗手：能使边民蛮夷臣服于华夏之人。《尚书·大禹谟》："七旬有苗格。"伪孔传谓："讨而不服，不讨自来，明御之者必有道。三苗之国，左洞庭，右彭蠡，在荒服之例，去京师二千五百里也。"

⑫蛮貊：四方落后部族。《尚书·周书·武成》"华夏蛮貊，罔不率俾。"

⑬户牖：户即门，牖即窗。《老子》："凿户牖以为室，当其无，有室之用。"

⑭寄声：托人传话。《汉书·赵广汉传》："界上亭长寄声谢我，何以不为致问？"

⑮城闉：城墙之瓮城处的重门。刘宋·鲍照《行乐至城东桥》："严车临迥陌，延瞰历城闉。"

⑯锋镝：刀剑兵器，代指战争。汉·贾谊《过秦论》："收天下之兵，聚之咸阳，销锋镝，铸以为金人十二，以弱天下之民。"

⑰丧家狗：如无家可归的狗一般流离失所。《史记·孔子世家》："东门有人，其颡似尧，其项类皋陶，其肩类子产，然自要以下不及禹三寸，累累若丧

家之狗。"

⑱有藤大如斗：桂平县西北与大瑶山相接处有大藤峡，传闻古时曾有大藤连结两岸。《广西名胜志·桂平县》："原名藤峡，旧传峡口有藤大如斗，长数百丈，连峡而生。"

⑲蟪蛄：一种生命极短的小虫。《庄子·逍遥游》："朝菌不知晦朔，蟪蛄不知春秋。"

⑳虞卿：战国名士，赵人，曾任赵国上卿，后来为援助友人而离开赵国，困居魏国都城大梁，穷愁之际，发愤著书，写成了《虞氏春秋》。《史记·平原君虞卿列传》："然虞卿非穷愁，亦不能著书以自见于后世云。"

㉑梁江总：江总，南朝大臣、文人，青年时仕南梁，三十一岁时遇侯景之乱而流离在外，四十五岁时才回到南陈做官，其时头发尚黑。唐·杜甫《晚行口号》："远愧梁江总，还家尚黑头。"

㉒仰屋梁：躺在屋中仰望屋梁，形容困顿而无计可施。《后汉书·寒朗传》："及其归舍，口虽不言，而仰屋窃叹。"

㉓九夷居：泛指少数民族所居住之地。九夷原特指东夷诸部族。"子欲居九夷。或曰：'陋，如之何？'子曰：'君子居之，何陋之有？'"

㉔虞唐：唐尧和虞舜。《论语·泰伯》："唐虞之际，于斯为盛。"

㉕欲济无舟航：想要渡水却没有船，比喻想要有所作为却没有途径。唐·孟浩然《望洞庭湖赠张丞相》："欲济无舟楫，端居耻圣明。"

㉖契阔：久别。《诗·邶风·击鼓》："死生契阔，与子成说。"

㉗赪鲂：鲂鱼劳累时尾部显出红色，形容人困苦劳累。《诗·周南·汝坟》："鲂鱼赪尾，王室如毁。"毛传谓："赪，赤也。鱼劳则尾赤。"

㉘黄钟：十二律中六阳律之第一律，声调最为宏大，常用以指代贤人。《楚辞·卜居》："黄钟毁弃，瓦釜雷鸣。"《吕氏春秋》："黄钟之宫，音之本也。"

㉙观其徼：看到其尽头。《老子》："故常无欲以观其妙，常有欲以观其徼。"晋代王弼注："徼，归终也。"

㉚真宰：宇宙的主宰。《庄子·齐物论》："若有真宰，而特不得其眹。"

㉛俞夫子：即俞瑞征。

㉜语默：说话或沉默。《周易·系辞上》"子曰：'君子之道，或出或处，或默或语。二人同心，其利断金；同心之言，其臭如兰。'"

㉝肝胆明冰日：心意如冰般澄明、如太阳般明朗。詹安泰《简黄叶海章》："梵土情悬，郁金梦冷，肝胆明冰日。"

㉞阡陌：田埂，田间小路。"有田无阡陌"，说明当地农耕技术相对落后，不知"代田法"之类。晋·陶潜《桃花源记》："阡陌交通，鸡犬相闻。"

㉟灌莽：丛生的草木。《文选·鲍照〈芜城赋〉》："灌莽杳而无际，丛薄纷其相依。"唐代吕向注："水草杂生曰灌莽也。"

㊱友于：兄弟。《尚书·君陈》："惟孝友于兄弟"。后割裂用典，以"友于"代指"兄弟"。以草木作为兄弟，可见地僻荒凉。

㊲耳顺：六十岁。《论语·为政》："子曰：'吾十有五而志于学，三十而立，四十而不惑，五十而知天命，六十而耳顺，七十而从心所欲不逾矩。'"可见当时俞瑞征约六十余岁。

㊳簸弄：玩弄。唐·韩愈《别赵子》："婆娑海水南，簸弄明月珠。"

㊴怵惕：惊惧不安。《孟子》："今人乍见孺子将入于井，皆有怵惕恻隐之心。"

㊵岭祖：蒙山县附近有岭祖村。

㊶蛮中客：客居于少数民族居住处。"蛮"即古代南方少数民族之名。晋·常璩《华阳国志·巴志》："去洛二千五百里，东接建平，南接武陵，西接巴郡，北接房陵奴獽夷蜑之蛮民。"

㊷连云横战格：横亘着的防御壁垒高得与云相连。唐·杜甫《潼关吏》诗："连云列战格，飞鸟不能逾。"清·仇兆鳌注："战格，即战栅，所以捍敌者。"

㊸瞢瞢：昏昧，糊涂。《吕氏春秋·介立》："吾义不食子之食也。"汉代高诱引《礼记·檀弓》之辞为注："昔者齐饥，黔敖为食于路，有人戳其履，瞢瞢而来。"

㊹虫沙：虫子、细沙，代指阵亡军人的尸体。晋·葛洪《抱朴子》："周穆王南征，一军皆化，君子为猿为鹤，小人为虫为沙。"

㊺缧徽：绳索。《汉书·游侠传·陈遵》："处高临深，动常近危，酒醪不入口，臧水满怀，不得左右，牵于缧徽。"唐代颜师古注："缧徽，井索也。"

㊻拘靰：束缚。《楚辞·离骚》："余虽好修姱以靰羁兮，謇朝谇而夕替。"

㊼涕挥：挥洒涕泪。西汉·刘向《列女传·齐杞梁妻》："道路过者莫不为之挥涕，十日，而城为之崩。"

㊽帝阍：传说中掌管天门的人。《楚辞·离骚》："吾令帝阍开关兮，倚阊阖而望予。"

浅解：

本诗写给同样执教于无锡国专的学界前辈俞瑞征，篇幅宏大，内容丰富，堪称以诗代信而不遗巨细的佳作。

开篇先从中秋佳节之聚会讲起，却又言难以安心赏月过节，进而引出当前日寇侵华、战乱不止之事。在描述了山内苟安、山外动荡的境况后，饶公将视线落在自己的山居生活之上，回顾了自己连月以来的艰苦生活。之后，他抒发议论，感慨世道难测，希望与俞瑞征相交流，听取对方的意见。接着，饶公虑及山中的贫苦艰险，认为以俞瑞征之高龄或许困居不易，故向对方表明自己的关切。最终，日寇带来的山河破碎、生民流离之景究竟刻在脑海中挥抹不去，饶公在辛章之际痛斥侵略者，感怀乡愁，将家国之恨、身世之感融于一体，乃完成此诗，并以之与俞瑞征共勉。

全诗信息量复杂繁多，既有所见所闻的具体事物，亦有所怀所感的心绪情节；既有个人的离别之苦、思乡之愁、生活之艰辛，亦有对国家遭受屯难的深刻感伤、对万民经历战乱的真挚同情、对侵略者的切齿痛恨。在这个意义上，本诗堪与杜少陵之《北征》相较而论。

简译：浑圆中秋月，年年样貌如新。今年照在耳塘，夜里月色胜过白天日光。晚辈不请自来，成斗畅饮美酒。一生依于饮食，在此满足我微小愿望。佳会为何难以常有，西窜之事实在不测。举国皆纷乱窘迫，怎能用心品赏。欲奋飞却被山河所阻，胸中郁结难以名状。斯时之乐岂是偶然，方一追思便复神往。

连月名城失守，败势如被吹枯拉朽。反而害怕传来消息，不过伤到我心又如何。寰宇惊诧于生灵涂炭，人的生命毫不被重视。舜帝已逝去太久，谁是攘除日寇的能手。此地少数民族忠心报国，诗书文明令其敞开门户。托人传话又怕无法传达，常站在城门楼上焦虑烦忧。一生经历战火，已成丧家之狗。除去戎马之气，实在需要一杯酒。浩劫当前不必忧虑，有大藤可将人解救。

困居山里如同蟪蛄，不再知道春秋变换。死钻故纸堆里，闭门当作远游在外。不敢学习虞卿，著书抒发困顿之愁。希望如梁朝江总，经乱还乡时发色仍黑。不堪远望故乡，每望则泪洒浮云。也知道所见不是我的故土，日日仍非要登楼眺望。

与贾辅民一同作息，月落时仰望着屋梁。我的心绪为之飘摇，是天让我流落在荒村。敢于居住在九夷之陋地，说可以希求学作圣贤。洞庭湖水渺远连天，想要渡水却无船。几个友人散在湖湘，久别涕泪沾满衣裳。相聚之日值得珍惜，有酒应当细细品尝。不用因敌机而哀叹，暂且宽慰流离劳累之人。

脚跟站得愈加牢固，世态变得愈加可笑。黄钟大吕终被毁弃，瓦瓮竟敢发出雷鸣。天道果然轮回循环，从前便能看到尽头。真想求告主宰，为我铲平六窍。刚知道俞夫子，言与不言间能尽天下妙理。心如冰澄日朗，千里与君相照。事已行毕而思虑未尽，希望能以所为印证古调。

　　瑶山少有人到，耕种原始而没有阡陌。以草木作为兄弟，饥饿的鹰夜里仍在外觅食。奈何在这耳顺之年，仍要蹈此高岩。天道实在难料，玩弄刍狗岂有尽头。伯儒来信，说山径狭窄宽不及尺。惊惧良久难以前进，汗因骇恐而从腋下冒出。我昔日登上岭祖山村，曾在蜑民中客居。现在无法追随您，壁垒森严高横入云。无缘奉上百壶酒，为您增添脚力。

　　每天只是吃饭睡觉，昏昧糊涂不知所归。白天黑夜气候变换，烟雨连绵不辨有无。近日新墟镇沦陷，敌军如打猎般围攻来袭。十里之内没有人烟，战死的尸首倒地低垂。独独苟活没有凭依，纵使食肉仍焦虑而瘦削。千山四围如同囚牢，一条流水如同绳索。岂能久被困于此，想到这里不禁流泪。谁能召来帝阍，早日结束战争。

黄牛山歌和天水赵文炳

北间非同谷①，胡为牵萝补茅屋②。
崩榛正满馗③，长镵曲柄④子安归。
尚怜朝士⑤风中老，裂冠毁冕⑥收身早。
空有新声续水云⑦，坐叹凝霜沾野草。
从来多垒儒生耻⑧，忍见呼兵蒙山道。
山间岂易忘岁月⑨，日下几曾伤流潦⑩。
栖栖⑪此日湄江湄⑫，故都故国有所思⑬。
携家黄牛岭头住，几时骑牛函谷去⑭。
渭水滔滔尽北流，终南兀兀肯南顾。
劝君休唱黄牛歌，泪似秦川呜咽⑮多。
放翁犹堪绝大漠⑯，祖生微闻渡黄河⑰。
丘山会有万牛挽⑱，莫伤只手无斧柯⑲。

注释：

①同谷：古代县名，在今甘肃成县。唐代安史乱时，诗人杜甫曾寓居在此，因感伤离乱而写出了《乾元中寓居同谷县作歌七首》。
②牵萝补茅屋：屋室有漏处不能蔽人，只能用萝草将其遮补住。唐·杜甫《佳人》："在山泉水清，出山泉水浊。侍婢卖珠回，牵萝补茅屋。"
③崩榛正满馗：崩折的杂草正布满道路。刘宋·鲍照《芜城赋》："崩榛塞路，峥嵘古馗。""榛"即榛莽，指杂草；"馗"即指道路。
④长镵曲柄：踏田用的农具，柄长而后端弯曲。唐·杜甫《乾元中寓居同谷县作歌七首》："长镵长镵白木柄，我生托子以为命。"元·王祯《农书》："长镵，踏田器也，比之犁镵颇狭，制为长柄。杜工部同谷歌曰'长镵长镵白木柄'即此也。柄长三尺余，后偃而曲，上有横木如拐。以两手按之，用足踏其镵柄后跟，其锋入土，乃捩柄以起垅也。"此外，战国时冯谖曾弹剑高歌，《战国策·齐策》："居有顷，倚柱弹其剑，歌曰：'长铗归来乎！食无鱼。'"其语表达了不堪失意困居之感，类于饶诗。

⑤朝士：指中央官员。赵文炳曾任国民政府立法委员，人称"西北大炮"，他反对蒋介石独裁，着力起草宪法、修正法规，勤政清廉。

⑥裂冠毁冕：比喻绝意于仕宦。《后汉书·逸民列传》："汉室中微，王莽篡位，士之蕴藉义愤甚矣。是时裂冠毁冕，相携持而去之者，盖不可胜数。"赵文炳因不满国民党消极抗战而退出了国民党。

⑦水云：清·蒋春霖著有《水云楼词》之集。

⑧从来多垒儒生耻：寇乱频繁从来就是儒士的耻辱。《礼记·曲礼上》："四郊多垒，此卿大夫之辱也。"

⑨山间岂易忘岁月：困居山里却仍能感到岁月流逝。南梁·任昉《述异记》："信安郡石室山，晋时王质伐木至，见童子数人棋而歌，质因听之。童子以一物与质，如枣核。质含之，不觉饥。俄顷，童子谓曰：'何不去？'质起视，斧柯烂尽。既归，无复时人。"明·王淮《刘阮天台谣》："只道山中才半载，岂知世上成千年。"饶诗反其意而用之。

⑩流潦：地面流动的水。《韩诗外传》："高墙丰上激下，未必崩也；降雨兴，流潦至，则崩必先矣。"流水常用来象征时间流逝不止，《论语·子罕》"子在川上曰：'逝者如斯夫，不舍昼夜。'"

⑪栖栖：惊惶不安之貌。《诗·小雅·六月》："六月栖栖，戎车既饬。"

⑫湄江湄：犹言湄江之江湄，即指湄江的江岸。湄江，是浔江的支流蒙江在蒙山县河段的名称。江湄指江岸，汉·刘向《列仙传·江妃二女》："灵妃艳逸，时见江湄。"案唐·杜甫《哀江头》有"少陵野老吞声哭，春日潜行曲江曲"之句，饶诗言"湄江湄"，盖与杜诗"曲江曲"之辞用法相同。

⑬故国有所思：对往昔的首都生活有所怀念。唐·杜甫《秋兴八首》其四："鱼龙寂寞秋江冷，故国平居有所思。"

⑭骑牛函谷去：像老子一样骑着牛离开乱世。《史记·老庄申韩列传》："居周久之，见周之衰，乃遂去。至关，关令尹喜曰：'子将隐矣，强为我著书。'于是老子乃著书上下篇，言道德之意五千余言而去，莫知其所终。"唐·司马贞《史记索隐》注之谓："李尤《函谷关铭》云'尹喜要老子留作二篇。'""又按《列异传》：'老子西游，关令尹喜望见其有紫气浮关，而老子果乘青牛而过。'"据此而有老子骑青牛出函谷关之说。

⑮秦川呜咽：陕甘处声如哭泣般的流水。北朝《陇头歌辞》："陇头流水，鸣声呜咽。遥望秦川，肝肠断绝。"

⑯放翁犹堪绝大漠：陆游犹能横穿沙漠。宋·陆游《夜泊水村》："老子犹堪绝大漠，诸君何至泣新亭。"其辞一语双关，既远指老聃骑牛出函谷之事，

更谓自己虽老仍能横绝大漠。陆游,字放翁。

⑰祖生微闻渡黄河:隐约听闻祖逖曾渡过黄河。祖逖是东晋将领,曾率军渡过长江,光复黄河以南的大部分土地,饶公极言祖逖或亦曾渡过黄河。宋·范浚《廟谟下》:"彼东晋得一祖逖,犹能使黄河以南尽为晋土,况陛下有腹心爪牙之众乎。"

⑱丘山会有万牛挽:定有万千志士挽国家于将倾。唐·杜甫《古柏行》:"大厦如倾要梁栋,万牛回首丘山重。"

⑲斧柯:斧柄,代指斧子乃至武器。之前"山间岂易忘岁月"句用王质入山而"斧柯烂尽"之典,此句因而沿用"斧柯"的意象来表示手中没有武器。

浅解:

赵文炳曾积极出仕,在政治理想得不到实现的情况下,他只能退而教书育人,但终究心怀天下。在面对如此战火燎原、山河破碎之世时,饶公和赵文炳都不可能满足于在深山之中保全性命,但作为手无刀兵的文士,毕竟也难能以一己之力影响时局,因此只能苦苦自全。愈是仅能独善其身,便愈发为自己祖国之罹难而悲痛叹恨。

简译:这里不是同谷县,为何还要以萝草遮补茅屋。崩折的杂草正布满道路,农具在手您将归何处。仍怜惜中央大员老于风中,自绝仕途早早收身。空有新诗可接续水云词,坐叹寒霜凝结沾上野草。寇乱频繁从来就是儒士的耻辱,不忍见到蒙山道路上有人惊呼敌兵将至。虽因居山里岂会忘记岁月流逝,近日数次望逝水而感伤。这天惊惶于湄江之岸,怀念往昔的首都生活。您携家眷住在黄牛岭上,何时能像老子一样骑此牛离开乱世。滔滔渭水永向北流,终南山高可以南望。劝您不要再唱黄牛歌,否则眼泪将如秦川流水般多。陆游犹能横绝大漠,隐约听闻祖逖曾渡过黄河。定有万千志士挽国家于将倾,不要因手中没有武器而悲伤。

哀桂林

狠石①怒不平，平地每孤峙。
谅②哉石湖③言，瑶簪④差相似。
久无肠可断，负此峰头利。
乡心苦邅回⑤，日夕望漓水⑥。
飒飒⑦东来骑，奔狼兼突豕⑧。
回首嶒峨⑨地，血泪夹清泚⑩。
魂散孰为招⑪，愁烟非故垒⑫。
人事有逆曳⑬，丧元⑭知谁子。
徒言山河固⑮，我欲问吴起⑯。

注释：

①狠石：嶙峋突兀的石头。宋·范成大《湘口夜泊南去零陵十里矣营水来自营道过零陵下湘水自桂林之海阳至此与营会合为一江》："坡陀狠石蹲清涨，澹荡光风浮白芷。"
②谅：真实不虚。《说文解字》："谅，信也。"
③石湖：指范成大，其号为石湖居士。
④瑶簪：犹言玉簪，代指高而尖的山峰。宋·范成大《湘口夜泊南去零陵十里矣营水来自营道过零陵下湘水自桂林之海阳至此与营会合为一江》："湖南山色夹江来，无复瑶簪插天起。"
⑤邅回：辗转萦绕。《淮南子·原道训》："邅回川谷之间，而滔腾大荒之野。"
⑥漓水：漓江，属珠江水系西江之支流桂江，位于广西东北部，流经桂林、阳朔等地。
⑦飒飒：疾速之貌。唐·杜甫《石龛》："奈何渔阳骑，飒飒惊蒸黎。"
⑧奔狼兼突豕：像狼那样奔跑，像猪那样冲撞。形容成群的坏人乱冲乱撞，到处骚扰。明·归庄《万古愁》："有几个狼奔豕突的燕和赵，有几个狗屠驴贩的奴和盗。"

⑨嶒峨：高耸。宋·黄庭坚《到桂州》："桂岭环城如雁荡，平地苍玉忽嶒峨。"

⑩清沘：清澈的水。南齐·谢朓《始出尚书省》："邑里向疏芜，寒流自清沘。"

⑪魂散孰为招：魂魄离散，谁来为之招魂？案《楚辞》载有宋玉所作之《招魂》。

⑫故垒：旧堡垒。唐·皇甫冉《送常大夫加散骑常侍赴朔方》："故垒烟霞后，新军河塞间。"唐·李德裕《东郡怀古·阳给事》："徘徊望故垒，尚想精魂游。"

⑬逆曳：困顿不如意。《史记·屈原贾生列传》："阘茸尊显兮，谗谀得志；贤圣逆曳兮，方正倒植。"

⑭丧元：掉头颅，即牺牲生命。《孟子·滕文公下》："志士不忘在沟壑，勇士不忘丧其元。"

⑮山河固：山河坚固而足可御敌。"武侯浮西河而下中流，顾而谓吴起曰：'美哉乎，山河之固。此魏国之宝也。'起对曰：'在德不在险。'"

⑯吴起：战国时的军事家、政治家、改革家，兵家的代表人物，历仕鲁国、魏国、楚国。其在魏国时曾有上述"在德不在险"的言论。

浅解：

桂林本是山清水秀的南方名城，峰峦名胜谁不胜数。可是，在战乱之下，桂林城被战火所摧残，遭侵略者所踩躏。引人入胜的奇岩怪石，在饶公之眼里有如人心一般愤恨不平，好似利剑般意欲斩下敌人的头颅。烈士们生前曾与日寇浴血奋战，而今其尸首却空自横亘于路上、无人收拾埋葬，令人伤感难受。战士捐躯、国土沦丧，竟不能遏制敌军的进犯，饶公认为这是重庆政府战略部署之失败所致。仅仅欲靠地利而消极防守，却不思尽乎人事以做好庙算，致使一线将士枉自送命，国民政府显然难辞其咎。

简译：岩石似因愤怒不平而嶙峋，平地之上每每兀自耸峙。范成大所言真实不虚，山峰果真颇似玉簪。愁肠已尽断良久，辜负山峰之利。思乡之心苦苦萦绕，昼夜痴望漓江逝水。东方敌军疾迅而来，谁来招引离散之魂，愁烟背后不是旧堡垒。世间之事有困顿不如意者，这失去头颅的不知是谁。徒然自称山河坚固，我欲问吴起这是否有用。

哀柳州

睅目皤腹①何足道,丹荔黄蕉一齐扫。
乍见跕鸢②张我拳,谁驱厉鬼击其脑③。
穷荒④难享无边春,如此江山坐付人。
峰是剑铓水是带,十年徒想清路尘⑤。
哀哉新丰几折臂⑥,宁以三军为儿戏。
霸业雄图今奚似,滔滔桂水⑦流民泪。

注释:

① 睅目皤腹:双眼圆瞪、腹部气鼓,形容人生气的样貌。《春秋左传》"城者讴曰:'睅其目,皤其腹,弃甲而复。于思于思,弃甲复来。'"唐·白居易《白氏六帖事类集》:"睅,目出也;皤,腹大也。"
② 跕鸢:原指因瘴气而坠落的飞鸟。《汉书·马援列传》:"当吾在浪泊、西里闲,虏未灭之时,下潦上雾,毒气重蒸,仰视飞鸢跕跕堕水中。"此指俯冲的敌机。
③ 厉鬼击其脑:清·郑燮《后刻诗序》:"死后如有托名翻板,将平日无聊应酬之作改窜阑入,吾必为厉鬼以击其脑。"
④ 穷荒:荒凉的边塞之地。唐·岑参《与独孤渐道别长句兼呈严八侍御》:"穷荒绝漠鸟不飞,万碛千山梦犹懒。"
⑤ 十年徒想清路尘:长久以来徒然指望政府光复失地。唐·杜甫《九日》:"酒阑却忆十年事,肠断骊山清路尘。"清代仇兆鳌注曰:"清路尘,辇出而清道也。"可见杜诗中思忆"清路尘"之语,系指希望皇帝扫除叛军、重新归来。
⑥ 新丰几折臂:唐·白居易《新丰折臂翁》:"边功未立生人怨,请问新丰折臂翁。"
⑦ 桂水:即桂江,珠江流域干流西江水系一级大支流之一。其上游大溶江发源于广西猫儿山,向南流至溶江镇与灵渠汇合称漓江;然后流经灵川县、桂林市、阳朔县至平乐县与荔浦河汇合称桂江;再流经昭平县、苍梧县至梧州市汇入西江干流浔江。

浅解：

　　白居易诗中曾描写了一位家住新丰的老翁。新丰老翁年轻时，唐玄宗与南诏国开战，他不愿当兵离乡、九死一生，唯有夜里自折其臂，从而免于兵役。古南诏国包括今缅甸的部分地区。其时，国民政府为了满足反法西斯同盟诸国的要求，而放弃争取光复广州、香港以为物资运输通道，转而配合各国开辟缅甸抗日战场，试图从缅甸打通往国内的物流通道。饶公认为，此次远征虽是为了国际反法西斯大业，但在国内犹被日寇掳掠之时对远方用兵，仍然是艰巨之事。而远征军将士最终也确实为缅甸战场之胜利付出了惨痛的代价，令人叹惋。

　　简译：瞠眼鼓腹不值一提，荔红蕉黄全被扫毁。一见敌机即怒挥我拳，望谁能驱鬼痛击敌脑。荒凉边塞难享无边春色，大好河山白白交入敌手。山峰如剑芒江水如衣带，多年徒然指望政府光复失地。哀哉新丰折臂老翁，玄宗岂能把全军性命当作儿戏。雄图霸业与今天何其相似，滔滔桂江满是流离百姓之泪。

柬方子

耳君名早识君迟,七星岩①畔立多时。
如何三月建章火②,一角沧桑付与谁。
吾行久滞蒙山麓,君归却卧昭潭③曲。
咫尺可思不可望,徒闻乌尾讹城角④。
残山剩水⑤好平章⑥,知君涕泪满奚囊⑦。
病马可无千里志⑧,余生但取还故乡。
呫呫蒙夫⑨同卧起,检点光阴如梦里。
已知诗外尽穷途,却笑春蚕心不死⑩。
多忧天谴罹艰屯⑪,人间行处有朝暾⑫。
十年原野厌膏血⑬,中兴待咏留花门⑭。

注释:

①七星岩:七星岩在广西桂林市漓江东岸,是一个由地下河床抬升而成的溶洞。宋·璩之《舆地纪胜·静江府》引张孝祥游桂林之作《游千山观》:"朝游七星岩,暮上千山观。"

②三月建章火:如建章宫般被大火连烧三月。建章宫建于汉武帝时,在汉长安城外,两汉之交时被赤眉军焚毁。南梁·庾信《枯树赋》:"建章三月火,黄河万里槎。"

③昭潭:水潭之名,在湖南湘潭东北面湘江沿岸的昭山之下。北魏·郦道元《水经注》:"山下有旋泉,深不可测,故言昭潭无底也。亦谓之曰湘州潭。"清代沈炳巽注此曰:"昭王南征,至此不复,因名之昭潭。"周昭王曾南征而死于楚地,昭潭因此而得名。

④乌尾讹城角:乌鸦的尾羽在城墙上摇摆不定。《后汉书》载有汉桓帝时京都之童谣:"城上乌,尾毕逋。"盖桓帝卖官鬻爵,故童谣以城上乌鸟来讽刺处高位者敛财夺利。

⑤残山剩水:原指人工开凿的池塘和堆砌的假山,此处指国土被侵略后残余的河山。唐·杜甫《陪郑广文游何将军山林十首》其五:"剩水沧江破,

残山碣石开。"

⑥平章：本为处理事务之意。后被用以表示享受美景之意。清·吴绮《南浦·鲍子韶邀集莲社庵即送家观庄入粤》："赖庾公还把，一天风月好平章。"饶公此处反其意而用之，表示残破河山让人不忍入目。

⑦奚囊：随身携带的锦囊，用以收纳那些及时记录创作灵感的文本。《新唐书·李贺传》："每旦日出，骑弱马，从小奚奴，背古锦囊，遇所得，书投囊中。"

⑧病马可无千里志：病马怎可没有行千里之志。汉·曹操《步出夏门行》："老骥伏枥，志在千里。烈士暮年，壮心不已。"唐·曹唐《病马呈郑校书三首》其三："一朝千里心犹在，争肯潜忘秣饲恩。"

⑨蒙夫：即何觉，字蒙夫，当时与饶公同舍。

⑩春蚕心不死：如春蚕吐丝久久不止一般不知死心。唐·李商隐《无题》："春蚕到死丝方尽，蜡炬成灰泪始干。"

⑪艰屯：艰难困苦。"屯"为困难艰险的意思，见于《周易》中屯卦之卦名。屯卦《象传》："屯，刚柔始交而难生，动乎险中。"案屯卦在《周易》卦序中紧次于乾、坤二卦之后，是首个阴阳爻交杂之卦，故曰"刚柔始交"；且其内震外坎，震卦谓动，坎卦谓险，故曰"动乎险中"。

⑫朝暾：初升的太阳。唐·杜甫《贻华阳柳少府》："火云洗月露，绝壁上朝暾。"

⑬膏血：人的脂与血。唐·柳宗元《饶娥碑》："颜目耳鼻，膏血交流。"

⑭留花门：唐·杜甫有《留花门》之诗，作于唐肃宗乾元二年秋。清代仇兆鳌注谓："《唐书》甘州有花门山堡，东北千里至回鹘衙帐。"唐时，西北有花门山，唐初在山上设有堡垒，天宝年间被回纥所占，故以"花门"作为回纥的代称。杜诗虽题为"留花门"，但其诗意却是谓不可留花门、不可对回纥隐忍放纵。诗篇最后谓："花门既须留，原野转萧瑟。"饶诗此句乃谓：何时能立下彻底驱除日寇的决心、而不再畏缩绥靖，方才能够中兴国家、光复神州。

浅解：

饶公与友人久久隔绝而不能相见，只能寄诗问候。诗中报备了自己的生活起居情况，思与友人一同嗟叹世事之艰难。同时，他还借对友人所说衷肠的机会，抒发了自己的思乡之情。饶公终究对自身命途、对国家运势均抱有信心，故而在卒章之际，期待英雄彻底击溃日寇、终止神州上的战乱，以此和友人共勉。

简译：早闻大名却太晚结识您，在七星岩旁伫立多时。此地如建章宫般被战火摧残，剩下沧桑一角不知付与谁。我此行久久滞留在蒙山之麓，您却归卧昭潭岸边。离您不远却只能思念不能望见，只见城头乌鸦振尾。残破河山不忍入目，知道您眼泪流满锦囊。病马岂可没有千里之志，生命残存只想回到故乡。何蒙夫与我共同作息，计算逝去时光感到犹在梦里。纵知写诗以外现实处处困顿，却自嘲仍不死心如同春蚕。虽担忧上天使我遭受艰险，但世间到处犹有朝阳。多年来原野上已洒有太多膏血，中兴炎黄须待咏诵《留花门》。

文墟①行

数载苦飘零，衣带日以缓②。
故里今安归，异乡常恋栈③。
孤舟泊万里④，四海寡一盼。
立山⑤多友生，寄身忘荒远。
绛帐舞风雩⑥，黄菊开秋苑。
如何戎马⑦乱，拼作飞鸟散⑧。
李子何豁达，高义逼霄满。
温汤与濯足⑨，说经劝强饭⑩。
文墟权息偃⑪，自喜堪肥遯⑫。
始知终覆巢⑬，未必无完卵。
逃劫栖黄牛，诛茅⑭汲翠笕⑮。
悲歌答风湍⑯，客梦依云巘⑰。
已嗟室翘翘⑱，徒想花纂纂⑲。
交情胜弟昆⑳，挚意兼暄暖㉑。
独怜李下蹊㉒，竟作沟中断㉓。
十室见披发㉔，九有叹微管㉕。
何以妥我魂，庶自涯而返㉖。
心乱诗尤屡，聊用报悾款㉗。

注释：

①文墟：广西蒙山县有文墟镇。
②衣带日以缓：束衣的腰带显得一天天变长，形容人因困苦或忧愁而越来越瘦削。《文选·古诗十九首》："相去日已远，衣带日已缓。"
③恋栈：马舍不得离开马棚，原指做官之人贪恋权位，此处指思念故乡。《晋书》："驽马恋栈豆，必不能用也。"
④孤舟泊万里：自己如孤舟一般漂泊万里。将小小孤舟放在万里征程中，能

形成强烈的对比,更显出雁乱之人的艰辛。唐·刘长卿《重送裴郎中贬吉州》:"同作逐臣君更远,青山万里一孤舟。"

⑤立山:即立山县,为唐时蒙州所辖的三县之一。

⑥绛帐舞风雩:设起红色纱帐、起舞求雨,形容师生相处融洽。《后汉书·马融传》:"居宇器服,多存侈饰,常坐高堂,施绛纱帐,前授生徒,后列女乐。"后遂以"绛帐"作为对师长的尊称。"舞风雩"指一种跳舞求雨的仪式,古时鲁国有祭坛名为"舞雩",《论语·先进》:"暮春者,春服既成,冠者五六人,童子六七人,浴乎沂,风乎舞雩,咏而归。"

⑦戎马:即战马,代指战争。唐·杜甫《登岳阳楼》:"戎马关山北,凭轩涕泗流。"

⑧飞鸟散:旧友如飞鸟受惊般散去。宋·黄庭坚《见子瞻粲字韵诗和答三人四返不困而愈崛奇辄次旧韵寄彭门》:"入宫又见妒,徒友飞鸟散。"

⑨濯足:本意为洗去脚上之污秽,后指清除世尘、保持高洁。《楚辞·渔父》:"渔父莞尔而笑,鼓枻而去,歌曰:'沧浪之水清兮,可以濯吾缨;沧浪之水浊兮,可以濯吾足。'"唐·杜甫《彭衙行》:"暖汤濯我足,剪纸招我魂。"

⑩强饭:努力加餐,是汉代人劝勉他人时的习语。《汉书·外戚列传》:"行矣,强饭勉之!即贵,愿无相忘。"《文选·古诗十九首》:"弃捐勿复道,努力加餐饭。"唐·杜甫《垂老别》:"此去必不归,还闻劝加餐。"

⑪息偃:安然休息。《诗·小雅·北山》:"或息偃在床,或不已于行。"

⑫肥遁:充裕心宽之隐遁。《周易》遁卦上九爻辞:"肥遁,无不利。"案遁卦内艮外乾,其外卦乾中,四五两阳爻在内卦艮中有一二两阴爻与之相应,犹有留恋;而唯独上九所对的九三爻亦是阳爻,因此上九无所留恋,最能随心远遁。

⑬覆巢:翻倒的鸟巢,比喻整体之倾覆。刘宋·刘义庆《世说新语》:"儿徐进曰:'大人岂见覆巢之下复有完卵乎?'"

⑭诛茅:清除杂草而结庐居住。唐·杜甫《楠树为风雨所拔叹》:"诛茅卜居总为此,五月仿佛闻寒蝉。"

⑮翠筧:引水的竹管。宋·黄庭坚《奉和王世弼寄上七兄先生用其韵》:"疏杵韵寒砧,幽泉流翠筧。"

⑯风湍:风中湍流。唐·杜甫《将赴成都草堂途中有作先寄严郑公五首》:"常苦沙崩损药栏,也从江槛落风湍。新松恨不高千尺,恶竹应须斩万竿。"

⑰云嶻：高耸入云之山。唐·杜甫《故秘书少监武功苏公源明》："时下莱芜郭，忍饥浮云嶻。"

⑱室翘翘：巢穴、房屋危险不稳。《诗·豳风·鸱鸮》："予室翘翘，风雨所飘摇。"

⑲花篡篡：花朵集聚成团。宋·黄庭坚《奉和王世弼寄上七兄先生用其韵》："仰看实离离，忆见花篡篡。"

⑳弟昆：弟兄。唐·杜甫《彭衙行》："誓将与夫子，永结为弟昆。"

㉑暄暖：暖和。《南齐书·东夷传》："四时暄暖，无霜雪。"

㉒李下蹊：李树硕果累累，虽不说话自夸，但来品尝果实者众多，其下自然会因此被踏出道路。此处指硕果累累、下自成蹊的李树。《史记·李将军列传》："谚曰：'桃李不言，下自成蹊。'"

㉓沟中断：接上句，指李树被锯断而扔在沟渠中。《庄子·天地》："百年之木，破为牺樽，青黄而文之，其断在沟中。比牺樽于沟中之断，则美恶有间矣，其于失性一也。"

㉔披发：《论语》："子曰：'……微管仲，吾其被发左衽矣。'"古代蛮夷披散头发、以右襟盖左襟，故以"被发左衽"代指被蛮夷征服乃至习用蛮夷的生活方式。此处指日占区的百姓。

㉕微管："微管仲"的省称，即"没有管仲"之意；此处指没有如管仲一般的能臣来驱逐日寇，致使沦陷区人民生活在日寇统治之下。管仲是春秋时期的齐国名臣，曾辅佐齐桓公尊王攘夷、称霸诸侯。

㉖自涯而返：从崖边往回走。《庄子·山木》："君其涉于江而浮于海，望之而不见其崖，愈往而不知其所穷，送君者皆自崖而反，君自此远矣。"

㉗悾款：诚恳。《文选·任昉〈百辟劝进今上笺〉》："某等不达通变，实有愚诚，不任悾款，悉心重谒，伏愿时膺典册，式副民望。"

浅解：

　　时值深秋，饶公一行流落至文墟、黄牛山。先前在蒙山县时，环境相对安稳，也尚有余兴交游赏秋。而今再经离乱，开始流落荒村野岭，饶公的心情变得愈发沉郁。有赖这里的主人慷慨仗义，对他照顾有加，终究得以在此暂居。虽然能保全一身，但饶公明白：当下，国如覆巢、似颓室、犹断木，个人纵暂能自全，又怎能不为国家、生民而悲戚呢？哀思之切，让饶公终日恍惚，竟连写诗也不胜其力了。乃强为此诗，权且以之报答主人的招待之恩。

简译：几年来辛苦飘零，衣带日渐宽大。现在如何回故里，在他乡总思念故乡。如孤舟般漂泊万里，举国没有一人可望。先前立山县多有友人，寄身在此忘记斯是边荒。设起绛帐舞雩求雨，黄菊开放在秋天庭苑。战火何等纷乱，友人被迫散如惊鸟。李先生何等豁达，义气之高直逼霄汉。准备热水供我洗脚，引述典籍劝我加餐。权且在文墟休息，欢喜自己遁离乱世。才知覆巢之下，未必没有完整鸟蛋。逃脱劫难住在黄牛山，斩草结庐并以竹引水。悲哀歌唱回应风中湍流，客居梦里依于云山。已嗟叹房屋倾危，徒然想象花团锦簇。与你交情胜过兄弟。诚挚之意温暖人心。只怜惜结硕果的李树，竟被砍断抛入沟中。被日寇欺凌的百姓，几乎都因没有管仲攘夷而叹息。凭借什么安顿我的魂灵，多次至崖边才回头。心乱时诗力尤弱，聊以此报答您的真诚。

冬 至

心折路迷①正怆然，阳生冬至②朔风③前。
一身异县④仍三徙，九死⑤辞家又六年。
破壁历残惊岁暮，碧江山赭失秋妍。
南东行处悲禾黍⑥，触眼荒畴不复田⑦。

注释：

①心折路迷：心绪曲折、路途迷乱。唐·杜甫《冬至》："心折此时无一寸，路迷何处是三秦。"
②阳生冬至：冬至时阳气复生。《周易》复卦："反复其道，七日来复。"案《诗·豳风·七月》："一之日觱发，二之日栗烈。"此处"一之日"、"二之日"分别指周历一月、二月（即夏历十一月、十二月），可知先秦时"日"有指代一整月之时日的意思。故有易学家认为复卦中的"七日"指七个月份，并据此举出十二卦，将它们分别与十二个月份相配比，并在此基础上创造了汉代易学中以四卦二十四爻配四季二十四节气、以剩余六十卦配七十二候的"卦气说"。按"卦气说"，则复卦作为十二辟卦之一，配比旧历十一月；其亦对应冬至的次候，是冬至三卦的中卦。因此，古人以复卦代表冬至。冬至虽最为寒冷，但亦说明之后将渐趋回暖，而复卦以一阳爻生于众阴爻之下，也体现了这一趋势。
③朔风：北风。魏·曹植《朔风》："仰彼朔风，用怀魏都。愿骋代马，倏忽北徂。"
④异县：外地，异乡。《文选·饮马长城窟行》："他乡各异县，展转不相见。"
⑤九死：历经艰险。《楚辞·离骚》："亦余心之所善兮，虽九死其犹未悔。"
⑥悲禾黍：怀有黍离之悲，即国家破败之恨、感怀今昔之悲。"黍"是一种谷物。《诗·王风·黍离》："彼黍离离，彼稷之苗。行迈靡靡，中心摇摇。知我者谓我心忧，不知我者谓我何求。悠悠苍天，此何人哉。"
⑦荒畴不复田：荒芜的田地不再有人耕种。魏·曹植《送应氏二首》："侧足无行径，荒畴不复田。游子久不归，不识陌与阡。"

浅解：

　　身在异乡，尤思故里。颠沛流离就更使人产生浓浓的思乡之情。1944年冬至，饶公辗转逃难于大瑶山中，心绪已然愁肠百结，而眼前曲折的路途愈发催人神伤。在这至寒至冷的冬至时节，却正开始生发出一丝阳气。中国的抗战前途、饶公的避难之路，是否亦能阴极阳生、否极泰来呢？虽然有此期望，但饶公眼前仍满是山河破败、满目疮痍的直观景象，令他不禁怀有黍离之悲。

　　简译：心折路迷正觉悲怆，冬至阳气生于北风前。身在他乡犹要多次迁徙，离家数年历尽艰险。经历艰险后惊觉已是年末，江山因寒冬而失去秋色。东南经行处有黍离之悲，眼见荒田无人耕种。

梦 归

频年惟梦以为归,梦绕故山日几围。
鹊噪妻孥惊我在①,鸿飞②城郭觉今非。
天留世弃同无妄③,海立山颓岂式微④。
剩有茫茫游子意,八千里外念庭闱⑤。

注释:

①鹊噪妻孥惊我在:鹊鸟鸣叫,妻子和女儿循声而吃惊地发现我回到了故乡。唐·杜甫《羌村三首》其一:"柴门鸟雀噪,归客千里至。妻孥怪我在,惊定还拭泪。"
②鸿飞:鸿雁飞过。《周易》渐卦九三爻辞:"鸿渐于陆,夫征不复,妇孕不育。"唐·韩愈《送陆畅归江南》:"岁晚鸿雁过,乡思见新文。"
③无妄:不测,意外。《周易》有无妄卦,内震外乾,其上九爻辞:"无妄,行有眚,无攸利。"
④式微:原谓天色将暮、黄昏将至,后指事物由盛转衰。《诗·邶风·式微》:"式微,式微,胡不归。"
⑤庭闱:亲人居住之所。《文选·束晳〈补亡诗六首〉》:"眷恋庭闱,心不遑安。"唐代李善注:"庭闱,亲之所居。"

浅解:

　　逃难于异乡时,饶公与亲人分隔两地,每日思乡而不得归。乡情浓处,饶公常在梦里自以为回到了家乡、见到了亲人,而梦醒之后又复陷入深深哀愁之中。自古以来,思乡本就不外乎怀人。若是与亲人同在异乡,饶公的乡愁也不至于如斯沉重。不过,念及眼下这天倾海立的战乱之世,饶公也应庆幸妻女远在家中,不如他一样受颠沛流离之苦。

　　简译:几年来只在梦中回乡,每天梦里绕故乡数圈。梦见妻女闻鸟啼而讶异我归家,看到雁过城头才惊觉现状。造化留我弃我不可预料,山河大乱岂会就此停息。唯有我纷乱的游子之心,在远方思念家园。

乱定晤简又文①有赠

笑公须眉如猬戟②,岭南人似关西③客。
喜公健啖④每兼人⑤,一杯直买三千春。
昔岁转游涉陇汉⑥,文渊谿达世共叹。
揭临东海⑦筦盐田⑧,归向南藩⑨弄柔翰⑩。
且借扶摇九万里⑪,集手冀把狂澜挽⑫。(主办大风月刊。)
平生洪杨⑬最低头,轻抛心力廿五秋。
几年仆仆⑭金田道⑮,归来却卧永安州⑯。
妻孥⑰拥被空山里,往日芦漪⑱人老矣。
独把丹心⑲映白云,时遣长须⑳致双鲤㉑。
我来忽在天一方,端居共赏黄花黄。
山河砥柱㉒须公等,相看且莫涕零浪。

注释:

①简又文:简又文(1896-1978),字永真,号驭繁,笔名大华烈士,斋名猛进书屋,祖籍广东省新会县双水镇木江维新里。中国当代史学家、著名的太平天国史专家,基督徒。
②猬戟:刺猬的尖刺。清·毕沅《猛虎行》:"须森猬,抒之即死。"
③关西:函谷关或潼关以西之地。《后汉书·杨震传》:"诸儒为之语曰'关西孔子杨伯起'。"
④健啖:饭量大。陆游《老景》:"疾行逾百步,健啖每三餐。"
⑤兼人:超过常人,一人相当于两人。《论语·先进》:"求也退,故进之;由也兼人,故退之。"
⑥陇汉:甘肃与陕南。"陇"即古之陇西郡,在今甘肃;汉即古之汉中郡,在今之陕南。案西北军领袖冯玉祥亦信仰基督教。1926年末,简又文经孙科保荐,获中国国民党中央党部委派,赴西北军,任国民革命军第二集团军总司令部(冯玉祥任总司令)外交处处长、前敌政治部中将主任、兼中国国民党中央党部西北军政治工作委员。

⑦揭临东海:到东海去。"揭",即离去,《楚辞·九辩》:"车既驾兮揭而归,不得见兮心伤悲。"
⑧笼盐田:管理盐田。"笼"古通"管"。《史记·平准书》:"初,大农笼盐铁官布多。"1929年,简又文经孔祥熙保荐,赴山东任山东都转盐运使司盐运使司长,负责调解宋子文与孙良诚的纠纷,弥合中央与冯玉祥军的关系。
⑨归向南藩:1931年8月27日,简又文就任广州市社会局局长。1933年1月,孙科赴南京任立法院院长,简又文奉命出任立法院第三届立法委员。在任立法委员的十多年间,简又文在香港、广州、新加坡、上海等地,专心写作。1941年,日军占领香港期间,简又文在香港负责抗日文艺宣传的联络,后赴桂林。简又文年少时长期居住在广州,故曰"归"。
⑩柔翰:毛笔。《文选·左思〈咏史诗八首〉其一》:"弱冠弄柔翰,卓荦观群书。"
⑪扶摇九万里:疾行远飘的旋风。《庄子·逍遥游》:"鹏之徙于南冥也,水击三千里,抟扶摇而上者九万里,去以六月息者也。"
⑫狂澜挽:挽住猛烈的波浪,比喻尽力挽回危险的局势。唐·韩愈《进学解》:"障百川而东之,回狂澜于既倒。"
⑬洪杨:洪秀全与杨秀清。两人均是太平天国的领袖。简又文对太平天国史有卓越的研究。
⑭仆仆:奔走劳顿之貌。宋·范成大《酹江月·严子陵钓台》:"富贵功名皆由命,何必区区仆仆。"
⑮金田道:金田村的道路。广西桂平县有金田村,1850年至1851年,洪秀全率众在金田村起义。1942年10月至1943年9月,简又文在广西对昔日太平军的活动之地进行实地考察,写出了《金田之游》。
⑯永安州:蒙山县古称永安州,其名定于明代成化十三年,清代亦称永安州。
⑰妻孥:妻子和儿女。唐·杜甫《羌村三首》其一:"柴门鸟雀噪,归客千里至。妻孥怪我在,惊定还拭泪。"
⑱芦澨:长满芦苇的岸边。《文选补遗·楚渔父〈渡伍员歌〉》:"日月昭昭乎寝已驰,与子期乎芦之澨。"
⑲丹心:赤诚的心。宋·文天祥《过零丁洋》:"人生自古谁无死,留取丹心照汗青。"
⑳遣长须:派遣男仆。汉·王褒《僮约》:"资中男子王子渊,从成都安志里

女子杨惠,买亡夫时户下髯奴便了。"后因以"长须"指男仆。唐·韩愈《寄卢仝》:"先生又遣长须来,如此处置非所喜。"

㉑双鲤:代指书信。《文选·饮马长城窟行》:"客从远方来,遗我双鲤鱼。呼儿烹鲤鱼,中有尺素书。"

㉒砥柱:黄河中之古山名,比喻能负重任、支危局之人。北魏·郦道元《水经注·河水四》:"砥柱,山名也,昔禹治洪水,山陵当水者凿之,故破山以通河,河水分流,包山而过,山见水中若柱然,故曰砥柱也。"明·徐渭《季先生入祠祭文》:"当其仕也,为砥柱于风波之中,有举世所难言者而独言之,举世所难行者而独行之。"

浅解:

简又文既是功力深厚的学者,又曾是入世践道的官员,当时也与众人一起困居在蒙山县。由于酷爱研究太平天国史,他曾深入广西村镇之中,连续奔波十一个月。当他的研究终于告一段落时,却被日寇困在这个他曾一心向往的省份之中。饶公钦佩他的为人与学问,因而写诗与之共勉。

简译: 笑看您胡须眉毛如猬刺,祖籍岭南却像关西豪客一般。喜见您饭量倍于常人,杯酒值用三千年来换。当年您辗转游历西北,文采与胸襟为世所共叹服。去往东海管理盐务,回到南方挥洒笔墨。暂且借万里长风,集众力欲挽救时局。平生最为洪、杨之事倾倒,轻易倾注二十五年心血。几年来奔波于金田路上,归来却困居蒙山县。妻子儿女在空山里拥被而卧,往日芦岸处之人已老去。只以丹心映照白云,偶尔派仆从寄信问候。我们此来忽在天之一隅,且安居而共赏黄菊。山河须赖您为砥柱,相看时不要涕泪零浪。

闻履庵病亟

掉首炉峰①又二秋,挂瓢②还作桂林游。
我来君去何仓卒,乐尽悲生易白头。
南海衣冠③劳寤寐④,他乡雨雪动离忧。
何来虚妄东坡耗⑤,岂有生才似此休⑥。

注释:

①掉首炉峰:将身首悬于香炉山之上,指困居香炉山一带。清代《广西通志》:"灵川县……香炉山,县东北四十里,高千仞,旁分一小山,状类香炉,故名。产银,又名银矿山。"灵川县在广西桂林东北。
②挂瓢:指隐居。上古时的隐士许由,曾因不习用器具,而将别人赠与的水瓢挂在树上。后以"挂瓢"代指隐居。汉·蔡邕《琴操·箕山操》:"人见其无器,以一瓢遗之。由操饮毕,以瓢挂树。"
③南海衣冠:晋代郭璞曾有此语,即谓南海郡(今广州及周边地区)有文明礼教的气象。宋代《太平御览》:"广州……郭景纯(郭璞)云'南海之间有衣冠之气'者,斯其地也。"
④寤寐:醒时与睡时。《诗·周南·关雎》:"窈窕淑女,寤寐求之。"毛传:"寤,觉;寐,寝也。"
⑤何来虚妄东坡耗:宋·叶梦得《避暑录话》:"子瞻在黄州病赤眼,逾月不出,或疑有他疾,过客遂传以为死矣。有语范景仁于许昌者,景仁绝不置疑,即举袂大恸,召子弟、具金帛,遣人周其家。子弟徐言:'此传闻未审,当先书以问其安否,得实吊恤之未晚。'乃走仆以往。子瞻发书大笑,故后《量移汝州谢表》有云:'疾病连年,人皆相传为已死。'"
⑥岂有生才似此休:有才学之人岂会如此便逝去呢。清·黄景仁《途中遘病颇剧怆然作诗》:"忽然破涕还成笑,岂有生才似此休。"

浅解:

饶公听到友人病重的消息,忧心其安危的同时,亦深有同心同理的感触。困居山中本身就艰苦不堪,而病痛对友人的侵袭亦使饶公的情绪受到了影响。怆痛之际，他唯有举出苏轼被误传死讯的典故，并坚称才高者必不易逝，强颜欢笑以排解自己、宽慰友人。

简译：悬身于香炉山又已两年，把隐居当作桂林之游。我刚来您就走何等仓促，乐极生悲易催人白头。南粤的士人昼夜劳碌，他乡下雪时生出离愁。为何要如苏轼般被误传死讯，有才学者岂会轻易逝去。

寄慵石①丈

先生日日务醍醐②,万古诗名属酒徒。
道远常难数字至,春生③得见一阳④无。
凿坏⑤抱瓮⑥今何世,野栎⑦邻鸡晓自呼。
甚欲因公问消息,故乡恐见鬼盈车。

注释:

① 慵石:石维岩(1878—1961),字铭吾,号慵石,晚号慵叟。少习举业而独好词章音韵之学。1914年于汕头执律师业,余暇以吟咏为乐。与侯乙符,刘仲英师事陈衍(石遗)。陈氏誉称"岭东三杰"。"壬社"第二任社长,为潮州诗坛所宗。著有《慵石室诗钞》四卷,《词钞》一卷。
② 醍醐:兼有"酒"与"酥酪中提炼之油"两种意思,此处指酒。唐·白居易《将归一绝》:"更怜家醞迎春熟,一瓮醍醐待我归。"
③ 春生:冬至之后,春季开始孕生。宋·范成大《满江红·冬至》:"寒谷春生,薰叶气、玉筒吹谷。新阳后、便占新岁,吉云清穆。"
④ 一阳:冬至时阳气复生。《周易》复卦:"反复其道,七日来复。"案《诗·豳风·七月》:"一之日觱发,二之日栗烈。"此处"一之日"、"二之日"分别指周历一月、二月(即夏历十一月、十二月),可知先秦时"日"有指代一整月之时日的意思。故有易学家认为复卦中的"七日"指七个月份,并据此举出十二卦,将它们分别与十二个月份相配比,并在此基础上创造了汉代易学中以四卦二十四爻配四季二十四节气、以剩余六十卦配七十二候的"卦气说"。按"卦气说",则复卦作为十二辟卦之一,配比旧历十一月;其亦对应冬至的次候,是冬至三卦的中卦。因此,古人以复卦代表冬至。冬至虽最为寒冷,但亦说明之后将渐趋回暖,而复卦以一阳爻生于众阴爻之下,也体现了这一趋势。
⑤ 凿坏:凿穿墙壁而逃以避开前来招其为官之人,指隐居生活。《淮南鸿烈·齐俗训》:"颜阖,鲁君欲相之,而不肯,使人以币先焉,凿培而遁之。"汉·扬雄:"故士或自盛以橐,或凿坏以遁。"
⑥ 抱瓮:抱着陶瓮取水,形容安于拙陋的淳朴生活。《庄子·天地》:"见一

丈人方将为圃畦,凿隧而入井,抱瓮而出灌,搰搰然用力甚多而见功寡。"
⑦野柝:郊野的打更声。《周易·系辞下》:"重门击柝,以待暴客。"

浅解:

  饶公向故乡的诗坛前辈寄诗问询,体现了其对故乡战时安危的关切之情。首联言石公好酒善诗,本来意气高昂。不过,待到颔联,其所言的艰难险阻就让气氛变得压抑,只能期盼寒冬之后春意能生、阳气能长。到了颈联,写出困居的恶劣环境,其愁苦更甚于前。至于尾联,直问故乡是否为日寇所欺凌,则其忧患之感更远非对自身安危之关切所能比。

  简译:您每天以喝酒为务,写诗之才名从来归属酒徒。距离遥远常欲见几字消息而不能,春意始生是否感到阳气初长。困居山里不知今是何世,清晨鸡自伴着更声而鸣啼。很想向您询问消息,只怕故乡已满是日寇。

大藤峡

龙山何崄岈①,伸出如双臂。
五屯遮其左,岩洞通幽邃。
羊肠②何处听,绝壁吁可畏。
藤峡势最险,攀登增惊悸。
古来此兴戎,徒益苍生匮。
一藤亘南北,出师动七萃③。
断之果何补,矜功劳夸示。
四海皆连枝,胡为列烽燧④。
至今两崖清,短日泣寒吹⑤。
富贵仅暂热,声名亦嫌忌。
卉木自皇古,长为天地媚。
至美出自然,伐鼓⑥安足冀。

  明天顺八年,监生封登奏:"浔洲夹江诸山,崄岈巚巀,峡中有大藤如斗,延亘两崖,势如徒杠,蛮众蚁渡,号大藤峡。最险恶,地亦最高。登藤峡巅,数百里皆历历目前,诸蛮视为奥区。桂平大宣乡崇姜里为前庭;象州东乡武宣北乡为后户;藤县五屯障其左;贵县龙山据其右,若两臂然。峡北岩峒以百计。仙人关、九层崖极险峻,峡以南有牛肠、大峒诸村,皆缘江立寨。"(明史卷二百五广西土司一。)此明初瑶山之状况也。成化二年,韩雍等攻石门、古营诸地,破瑶寨三百二十四所,改大藤峡为断藤峡,刻石纪之。又截其藤冒以为鼓。(阮元有诗咏之,见揅经室续集五。)

注释:

①崄岈:山深邃之貌。唐·柳宗元《始得西山宴游记》:"其高下之势,岈然洼然。"宋代魏仲举注之曰:"崄岈,山深之状。"

②羊肠：曲折的小路。《尉缭子》："兵之所及，羊肠亦胜。"
③七萃：指古时周天子的禁卫军或精锐部队。《穆天子传》："天子于当水之阳，天子乃乐口，赐七萃之士战。"晋代郭璞注："萃，集也，聚也；亦犹《传》有七舆大夫，皆聚集有智力者，为王之爪牙也。"
④烽燧：即烽火台，是古时的报警系统。《史记·周本纪》："幽王为烽燧大鼓，有寇至则举烽火。"
⑤短日泣寒吹：因秋冬时寒风吹彻、白昼短暂而哭泣。唐·杜甫《公安县怀古》："寒天催日短，风浪与云平。"
⑥伐鼓：作战时以击鼓为号，此处代指战争。《诗·小雅·采芑》："钲人伐鼓，陈师鞠旅。"

浅解：

　　大藤峡本来有长藤横亘峡谷两岸。明代的朝廷军队在平定少数民族叛乱时，将长藤斩断以标志其战功。饶公认为，斩断长藤的举动只是为了炫耀功勋，毫无必要。由此，引出了饶公对发动战争者的批判、对自然造物之美的欣赏。

　　简译：龙山何其深邃，山势外伸如双臂。五屯在左方为其屏障，岩洞通向幽深处。羊肠险路哪曾听闻，慨叹绝壁令人生畏。大藤峡地势最险，攀登其山更添惊悸。自古此地多生戎乱，徒然增添百姓的困乏。一条大藤横亘南北，出动禁卫精兵以征伐。将藤毁断究竟有何用，自矜军功频频炫耀。四海皆是连枝同胞，为何要列建烽火台。到今天崖两岸无藤，昼短风寒令人泣涕。富贵只是暂时之热，名声也应被嫌忌。花草树木自古即存，长久以来使天地明媚。最美好之物皆自天然，战乱哪值得希冀。

国专讲师欧阳君①出长金秀瑶区，诗以贺之。

六一②能文未算奇，奇在折箠笞胡儿③。
平南④大小六七战，使虏辟易⑤怯西窥。
铜章⑥出为瑶僮宰，瘴烟⑦满面生于思⑧。
岂其以此列戟⑨当营卫，抑乃哦诗正要捻吟髭⑩。
书生大言君莫嗤，十万大山⑪即雄师。
大王墟里多子弟，（君为平南大王墟人。）髽首椎髻⑫供驱驰⑬，
藤峡⑭天险逾冥阨⑮，纵有伏波⑯未敢越雷池⑰。
老夫佗⑱旧有壮语，南面聊可作娱嬉⑲。
君今潭潭如卧虎⑳，春风百骑拥旌旗㉑。
我非陆生艰作记㉒，南来稍馈一囊诗㉓。
最难彭魏㉔连翩至，诛茅㉕仿佛翠微㉖时。
交州㉗好士称士燮㉘，君应乐此忘其疲。
滔滔天下㉙皆兵革㉚，微君谁与巢南枝㉛。

注释：

①欧阳君：谓当时在无锡国专的欧阳革辛。其家在瑶山当地颇有权势，无锡国专师生因而迁入瑶山避难。

②六一：北宋之欧阳修（1007—1072），字永叔，号醉翁、六一居士，既是政治家，又是文学家，位居"唐宋古文八大家"之列。本诗的酬唱对象亦姓欧阳，且又同样善写文章，故饶公引其同姓先贤之事，谓"六一能文"。

③折箠笞胡儿：折取短棍击打蛮族，指能管理少数民族聚居地。宋·黄庭坚《送范德孺知庆州》："智名勇功不入眼，可用折箠笞羌胡。"

④平南：广西有平南县。

⑤辟易：指受惊吓后控制不住而离开原地向后退避。《史记·项羽本纪》："人马俱惊，辟易数里。"

⑥铜章：古代铜制的官印，《汉书·百官公卿表上》："秩比六百石以上，皆铜印黑绶，大夫、博士、御史、谒者、郎无。其仆射、御史治书尚符玺

者,有印绶。比二百石以上,皆铜印黄绶。"后用以指称郡县长官或相应级别的官职,唐·岑参《送宇文舍人出宰元城》诗:"县花迎墨绶,关柳拂铜章。"

⑦瘴烟:宋·范成大《桂海虞衡志》:"瘴,两广惟桂林无之,自是而南,皆瘴乡矣。"

⑧于思:原指多须之貌,此处特指胡须。"思"犹"腮"义,字面所指即"在脸腮上之物",亦即胡须。《春秋左传》:"于思于思,弃甲复来。"西晋杜预注:"于思,多须之貌。"

⑨列戟:须髯如戟,指人胡须长而硬,有丈夫气概。《南史·褚彦回传》:"君须髯如戟,何无丈夫意?"

⑩捻吟髭:作诗时揉挫胡须以思考。"吟安一个字,捻断数茎须。"

⑪十万大山:十万大山,属桂西南山地,东起广西壮族自治区钦州市贵台,西至中越边境,分布于钦州、防城、上思和宁明等地。因山脉连绵,峰峦重叠,点不清,数不尽,故称十万大山。

⑫髽首椎髻:古代边远少数民族的一种发式,用以代指边远少数民族。《文选·沈约〈齐故安陆昭王碑文〉》:"椎髻髽首,日拜门阙。"张铣注:"椎髻髽首,蛮夷结发之形。"

⑬驱驰:奔走效劳。三国蜀·诸葛亮《出师表》:"由是感激,遂许先帝以驱驰。"

⑭藤峡:桂平县西北与大瑶山相接处有大藤峡,传闻古时曾有大藤连结两岸。《广西名胜志·桂平县》:"原名藤峡,旧传峡口有藤大如斗,长数百丈,连峡而生。"

⑮冥阨:古隘道名,亦作"冥隘"或"冥阨"。即今河南省信阳县东南平靖关,为古九塞之一。与附近"大隧"、"直辕"二隘并为淮汉间兵争要害。《春秋左传》:"我悉方城外以毁其舟,还塞大隧、直辕、冥阨。"晋代杜预注:"三者,汉东之隘道。"

⑯伏波:汉代将军名号。西汉路博德、东汉马援都曾受封为伏波将军,见《汉书·武帝纪》、《后汉书·马援传》。此处特指马援,案马援曾二度率军平定岭南。

⑰雷池:雷池为古代地名,后以"不敢越雷池一步"代指不敢越过某界限。《晋书·庾亮传》:"吾忧西陲,过于历阳,足下无过雷池一步也。"

⑱老夫佗:赵佗(约前240—前137),汉族,秦朝恒山郡真定县(今中国河北省正定县)人,秦朝著名将领,南越国创建者。赵佗是南越国第一代王

和皇帝，前203年至前137年在位，号称"南越武王"或"南越武帝"。其本受汉高祖册封为南越王，又在吕后当政时自立为帝，后来在文帝时去帝位而称臣，上疏称"老夫臣佗昧死再拜上书皇帝陛下"，语在《汉书·西南夷两粤朝鲜传》。

⑲南面聊可作娱嬉：赵佗在去帝位而上疏汉文帝时，称之前称帝是因为周边小部族亦多称王，故而称帝以自娱。《汉书·西南夷两粤朝鲜传》："老夫故敢妄窃帝号，聊以自娱。"

⑳潭潭如卧虎：心胸深广而如卧虎般威严。宋·黄庭坚《送范德孺知庆州》："潭潭大度如卧虎，边头耕桑长儿女。"

㉑春风百骑拥旌旗：春风中骑兵队伍簇拥着旌旗。宋·黄庭坚《送范德孺知庆州》："春风旆旗拥万夫，幕下诸将思草枯。"

㉒陆生艰作记：南宋陆游入蜀赴任时曾著有《入蜀记》，一边跋涉于艰险的蜀道，一边尚能观景而写出游记。

㉓一囊诗：一整个锦囊内的诗篇。李贺曾以锦囊收纳诗稿，《新唐书·李贺传》："每旦日出，骑弱马，从小奚奴，背古锦囊，遇所得，书投囊中。"

㉔彭魏：明末清初时，彭士望、魏禧等人号为"易堂九子"，在江西翠微峰中隐居讲学，提倡古文经之实学。清·陈康祺《郎潜纪闻》："宁都魏祥，与仲弟禧、季弟礼、同邑李腾蛟、邱维屏、彭任、曾灿、南昌彭士望、林时益，号'易堂九子'。"

㉕诛茅：清除杂草而结庐居住。唐·杜甫《楠树为风雨所拔叹》："诛茅卜居总为此，五月仿佛闻寒蝉。"

㉖翠微：江西宁都县有翠微峰，峰顶有易堂，系由宁都人魏兆凤修建并命名于明末清初。《清史稿》："魏禧，字冰叔，宁都人，父兆凤，诸生。明亡，号哭不食，剃发为头陀，隐居翠微峰。是冬，筮离之乾，遂名其堂为易堂。旋卒。"

㉗交州：古地名，包括今越南中北部和中国广西、广东、海南之部分地区。北魏·郦道元《水经注》："交趾郡及州本治于此也，州名为交州。"

㉘士燮：士燮（137—226），字威彦，苍梧广信（今广西梧州）人，汉末三国时期割据交州一带的军阀。《三国志·士燮传》："士燮作守南越，优游终世。"

㉙滔滔天下："滔滔"即连续不断之貌、普遍之状。指社会普遍纷乱，低下的人或不良风气比比皆是。《论语·微子》："滔滔者天下皆是也，而谁以易之？"

80

㉚兵革：兵器与甲胄，代指战争。《礼记·礼运》："冕弁兵革，藏于私家，非礼也，是谓胁君。"汉代郑玄注："兵革，君之武卫及军器也。"
㉛巢南枝：越鸟来自于南方，故巢宿于南枝。常用以比喻不忘根本、心怀故乡，此处取字面义，指在南方暂得安居。《文选·〈古诗十九首〉》："胡马依北风，越鸟巢南枝。"

浅解：

饶公和无锡国专师生在瑶山中避难，受到了欧阳革辛的照顾。如今他将成为当地的官员，饶公更为其仕途进步感到高兴。管理西南山区，工作不易，饶公因引古代典故，以极言在此等偏远之地亦能有所作为，鼓励他努力为百姓在战乱中创造可以安居之地。

简译：您善撰文未足称奇，奇在能治理少数民族。平南县数次激战，使胡虏退避不敢向西窥视。持印出任瑶族聚居地长官，瘴烟中脸上长满胡须。难道要以须作戟守卫军营，抑或吟诗正需捻断髭髯。我说大话您莫嗤怪，十万大山即是雄兵。大王墟里多有族人，少数民族为您奔走效劳。大藤峡自比冥阨更险，纵是马援也不敢越此一步。赵佗曾有壮语，在南方聊可称帝自娱。您如今心胸深广威如卧虎，春风中军队簇拥着旌旗。我不是陆游艰而作记，从南方来只赠您一囊诗句。最难得如彭、魏诸人般接连而至，斩草结庐宛如翠微易堂。交州名士首推士燮，您应当乐居此地不思厌倦。世道纷杂战乱遍地，没有您又靠谁在南方暂居。

罗梦村①道上

吾心已摇摇②，忽到瑶人屋。
初疑抟扶摇③，更似骑鸿鹄④。
羊肠⑤盘百八，累我行却曲⑥。
岂惟折我筇⑦，且复痛我仆⑧。
到此谋一憩，草树媚秋绿。
孤村何所有，编户⑨缘修竹⑩。
野猪骨如柴，云是食不足。
天鸡⑪时一喧，催归声更速。
板瑶⑫躺地卧，无被可加腹。
烧薪聊取暖，奈此寒觳觫⑬。
稚子无裤着，见人尚羞缩。
肮脏难入眼，哀哉此茕独⑭。
平生欠脚债，结荷几水宿⑮。
回首浮云外，夷羊⑯方在牧。
苍然幻烟霭，峭壁纷斜矗。
翻羡山子瑶⑰，过山如蝙蝠。
冥冥祝神禹，火急为刊木⑱。
忍饥渡危桥，预进豆腐粥。

注释：

① 罗梦村：在今广西金秀瑶族自治县金秀镇。
② 摇摇：心神不定之貌。《诗·王风·黍离》："行迈靡靡，中心摇摇。"《毛传》："摇摇，忧无所愬。"
③ 抟扶摇：乘疾行远飙的旋风以盘旋而上。《庄子·逍遥游》："鹏之徙于南冥也，水击三千里，抟扶摇而上者九万里，去以六月息者也。"
④ 骑鸿鹄：天鹅古称"鸿鹄"。晋·陆机《拟西北有高楼》："思驾归鸿羽，

比翼双飞翰。"唐·杜甫《三川观水涨二十韵》："举头向苍天，安得骑鸿鹄。"

⑤羊肠：曲折的小路。《尉缭子》："兵之所及，羊肠亦胜。"

⑥却曲：曲折。《庄子·人间世》："孔子适楚，楚狂接舆游其门，曰：'……迷阳迷阳，无伤吾行。吾行却曲，无伤吾足……'"

⑦折我筇：使我的竹杖折断。"筇"为一种竹，实心，节高，宜于作拐杖。唐·杜甫《送梓州李使君之任》："老思筇竹杖，冬要锦衾眠。"

⑧痡我仆：使我的仆从疲倦劳累。《诗·周南·卷耳》："陟彼砠矣，我马瘏矣，我仆痡矣，云何吁矣。"

⑨编户：指编入户籍的普通人家。《史记·货殖列传》："夫千乘之王、万家之侯、百室之君，尚犹患贫，而况匹夫编户之民乎。"

⑩缘修竹：攀爬于高而长的竹子之上，形容生活条件原始而恶劣。《楚辞·九章·思美人》："令薜荔以为理兮，惮举趾而缘木。"

⑪天鸡：南梁·任昉《述异记》："东南有桃都山，上有大树，名曰桃都，枝相去三千里，上有天鸡。日初出，照此木，天鸡则鸣，天下鸡皆随之鸣。"故天鸡鸣叫，即相当于群鸡一齐鸣叫。

⑫板瑶：即盘瑶，瑶族的一支，因信奉盘王而得名。又因从前盘瑶妇女所戴之帽用木板做成，故又被称为板瑶。县内盘瑶妇女的头部装饰有三种，即尖头、平头、红头。

⑬觳觫：恐惧战栗貌。《孟子·梁惠王上》："王曰：'舍之。吾不忍其觳觫，若无罪而就死地。'"东汉赵岐注："觳觫，牛当到死地处恐貌。"

⑭茕独：孤身一人，无所依靠。《文选·李密〈陈情表〉》："茕茕独立，形影相吊。"

⑮结荷几水宿：结起荷叶为屋，几乎要在船上过夜。刘宋·鲍照《登大雷岸与妹书》："栈石星饭，结荷水宿。"

⑯夷羊：传说中的神兽。《国语·周语上》："商之兴也，梼杌次于丕山；其亡也，夷羊在牧。"三国时吴之韦昭注："夷羊，神兽。牧，商郊牧野。""夷羊方在牧"，形容国势衰微。

⑰山子瑶：瑶族的一支。山子瑶多耕山地种黍，俗称穇子，穇与山发音相近，故称为山子瑶。山子瑶广泛分布于广西大瑶山区、十万大山、广东的连山地区等地。

⑱刊木：砍伐树木。《尚书·禹贡》："禹敷土，随山刊木，奠高山大川。"唐代孔颖达作疏："随行山林，斩木通道。"

浅解：

饶公在瑶山中避难之时，常被迫在山里孤村间奔波。山路崎岖异常，客行风餐露宿，让饶公和同行之人叫苦不迭。连月身处瑶乡，让饶公开始熟悉瑶族各支系的风俗之异同，与当地少数民族也变得不再生疏、稍加亲近。但此地终究是异乡，目睹着与家乡不同的风土人情，饶公犹然不免思念故园。而在瑶山之外，日寇燃起的战火犹未平息，国家罹难，犹如"夷羊在牧"的衰微末世，令饶公不住感伤。

简译： 我已心神不定，忽又来到瑶族聚落。开始怀疑正乘旋风，后更觉如骑天鹅。羊肠小道盘旋百八十弯，我连续在此曲折路上行进。不只使我竹杖折断，亦使我仆从疲倦。到这里谋求休憩，草木绿意繁茂。孤村中有何物，村民攀于竹上。野猪骨瘦如柴，人谓因为进食不足。群鸡间或鸣叫，更频频催我回故乡。板瑶之族睡在地上，没有被褥以盖腹部。燃烧薪柴聊以取暖，奈何这寒冷令人颤抖。儿童无裤可穿，见到人尚因害羞而退缩。环境肮脏难以入眼，哀哉我孤身在此。一生中如还脚债般奔波，以荷结屋几乎睡在船上。回首浮云之外，夷羊出现在牧野。苍苍烟云不停变幻，峭壁纷纷倾斜高耸。又羡慕山子瑶之族，翻山迅捷如同蝙蝠。冥冥中向大禹祈祷，火速为我伐木开路。忍饥挨饿渡过高险之桥，先吃豆腐粥果腹。

瑶人宅中陪瑞征①丈饮酒

冬日诚可爱②，生事靠围炉。
瑶俗悭卖酒，先生频捋须。
薯蓣③久充肠，旬日远庖厨④。
闻有落花生，其脂可医癯⑤。
招呼二三子⑥，盍簪⑦入市屠⑧。
得酒出望外，虽薄酌须臾。
一饮足去冰，再饮颜胜朱。
酒债寻常有⑨，兹焉那可无。
平居⑩思九子⑪，志节较区区⑫。
亦复嗤二曲⑬，土室署病夫⑭。
丈夫贵特立，坦荡养真吾⑮。
当知乐处乐⑯，焉问觚不觚⑰。
大道在稊稗⑱，乾坤入酒壶⑲。
请归问瑶妇，痛饮莫踟蹰。

注释：

① 瑞征：俞钟彦，字瑞征，曾学于江南陆军学堂，是章士钊（1881—1973）在江南陆军学堂学习时的同学、舍友。曾任教于无锡国专。
② 冬日诚可爱：冬天里的太阳使人感到温暖、亲切；比喻人态度温和慈爱，使人愿意接近。《春秋左传》："赵衰，冬日之日也；赵盾，夏日之日也。"
③ 薯蓣：即山药。唐·杜甫《发秦州》："充肠多薯蓣，崖蜜亦易求。"
④ 远庖厨：远离厨房。《孟子·梁惠王上》："君子之于禽兽也，见其生不忍见其死，闻其声不忍食其肉。是以君子远庖厨也。"
⑤ 癯：消瘦。《文选·沈约〈齐故安陆昭王碑文〉》："若此移年，癯瘠改貌。"
⑥ 二三子：同行的友人。宋·辛弃疾《贺新郎》："知我者，二三子。"
⑦ 盍簪：出自《周易》古经，后来用以代指朋友聚会。
⑧ 市屠：市中屠肆。《史记·信陵君列传》："侯生又谓公子曰：'臣有客在市

屠中，愿枉车骑过之。'"

⑨酒债寻常有：常常因没钱买酒而赊账。唐·杜甫《曲江二首》其二："酒债寻常行处有，人生七十古来稀。"

⑩平居：平日、平素。唐·杜甫《秋兴八首》其四："鱼龙寂寞秋江冷，故国平居有所思。"

⑪九子：明末清初时，魏禧等人号为"易堂九子"，在江西宁都县翠微峰中之易堂隐居讲学，提倡古文经之实学。《清史稿》："魏禧，字冰叔，宁都人，父兆凤，诸生。明亡，号哭不食，翦发为头陀，隐居翠微峰。是冬，筮离之乾，遂名其堂为易堂。旋卒。"

⑫区区：小。《春秋左传》："宋国区区，而有诅有祝，祸之本也。"

⑬二曲：李颙（1627—1705），明末清初的儒家学者，字中孚，陕西周至二曲镇二曲堡人，人称二曲先生。清·江藩《汉学师承记·顾炎武》："近日二曲以讲学得名，遂招逼迫，几致凶死。"

⑭土室署病夫：李颙又号"土室病夫"。

⑮养真吾：培养本质之我。《孟子·公孙丑上》："我善养吾浩然之气。"

⑯乐处乐：指"孔颜乐处"之乐，即孔子与颜回所引以为乐之事。宋·朱熹《朱子语类》："濂溪教程子寻孔颜乐处。"

⑰觚不觚：觚不合觚之规制，比喻事物名不副实。《论语·雍也》："子曰：'觚不觚，觚哉觚哉！'"何晏《集解》："以喻为政不得其道，则不成。"朱熹《集注》："觚，棱也；或曰酒器，或曰木简，皆器之有棱者也。不觚者，盖当时失其制而不为棱也。'觚哉觚哉'，言不得为觚也。"

⑱稊稗：一种类谷之草。《庄子·知北游》："东郭子问于庄子曰：'所谓道，恶乎在？'庄子曰：'无所不在。'东郭子曰：'期而后可？'庄子曰：'在蝼蚁。'曰：'何其下邪？'曰：'在稊稗。'"

⑲入酒壶：天地万物均入酒壶，形容酒兴高涨、重于万事，亦指世事变幻莫测、小大不常。唐·元稹《幽栖》："壶中天地乾坤外，梦里身名旦暮间。"

浅解：

　　瑶山之中，民风不多卖酒，更兼其时内外相隔、货殖不通，酒更值得珍重。有了饮酒的机会，饶公与俞老先生及诸友人都很高兴，借酒聚会，其乐融融。这种境况，在困居山村的日子里，堪称少有的良辰。酒过三巡，大家兴致高涨，不免开始品评人物。乃忆及明清之交时，易堂九子与二曲先生虽然都是擅长学问考据的宿儒，但在乱世中仅能委屈自存，气象不够高扬。饶公认为，名物制度之考据犹属次要，为学之关键在于通晓孔子、颜回之乐、并行践这种"乐道"精神。在生命犹受威胁的前途未定之际，饶公仍心系至真之学问、并保有高昂的人格，实在令人敬佩。

简译：冬天暖日诚令人欲亲近，行事还需紧靠围炉。瑶人风俗少有卖酒，先生为此频频捋须。以山药充饥肠，十天没有开伙做饭。听说有落花生，油脂能缓解消瘦。招呼二三友人，到市中屠肆聚会。得到酒喜出望外，虽是淡酒却很快被喝掉。一杯足以驱寒，两杯后脸色深红。酒债可以常赊，酒却不能没有。平日追思易堂九子，志向节操犹嫌略小。又再讥笑二曲先生，自号土室病夫。大丈夫贵在有独立操守，坦荡养出真吾。应通晓孔颜之乐，怎能只细究名物制度。大道在稊稗之间，天地万物入我酒壶。请允我归问瑶族妇女尚有何酒，痛饮甘醴不要踌躇。

瑶山咏

薄薄瑶山酒,日日不离口。
瑶女未解愁,楚客①空搔首②。
村村闻鴃舌③,家家尽墐牖④。
老松八千尺,日傍北风吼。
山花乍吐妍,山石渐变丑⑤。
五里沉雾迷⑥,公超⑦挟我走。
本性侣麋鹿⑧,何意跨苍狗⑨。
世乱隐伴狂⑩,捉襟时见肘⑪。
赤足拖狐裘,此趣笑谁有。
万方声一概⑫,到此忘阳九⑬。
所欠花猪肉,无食使人瘦⑭。
行歌耸驴肩,归路逐牛后。
长啸叫孙登⑮,客梦落林薮⑯。

注释:

① 楚客:战国时,屈原因楚怀王轻信谗言而被流放,被迫客居他乡;后世因此以"楚客"代指客行之人。唐·岑参《送人归江宁》诗:"楚客忆乡信,向家湖水长。"

② 搔首:以手搔头,焦急或有所思之状貌。《诗·邶风·静女》:"爱而不见,搔首踟蹰。"

③ 鴃舌:原被孟子用来讥讽楚人许行口音如同鸟语,后用以代指南方方言。《孟子·滕文公上》:"今也南蛮鴃舌之人,非先王之道。"

④ 墐牖:以泥封住窗户,以防贼寇之患。刘宋·鲍照《观漏赋》:"墐户牖而知天,掩云雾而测晖。"

⑤ 变丑:从丑变美。南梁·何逊《七召·神仙》:"既变丑以成妍,亦反老而为少。"

⑥ 五里沉雾迷:东汉时张楷隐居山中,传说能作五里大雾;此处指山雾弥

漫。《后汉书·张霸传》："楷，字公超，通《严氏春秋》《古文尚书》，门徒常百人。宾客慕之……楷疾其如此，辄徙避之……不至官，隐居弘农山中，学者随之，所居成市……郡时以礼发遣，楷复告疾不到。性好道术，能作五里雾。"

⑦公超：张楷字公超。

⑧侣麋鹿：与麋鹿为友，指亲近自然。宋·苏轼《赤壁赋》："况吾与子渔樵于江渚之上，侣鱼虾而友麋鹿。"

⑨苍狗：黑色之狗。唐·杜甫《可叹》："天上浮云似白衣，斯须改变如苍狗。"后以"白云苍狗"比喻世事无常。

⑩世乱隐佯狂：世道混乱时，贤人假装发疯而避世隐居。《史记·宋微子世家》："纣为淫泆，箕子谏，不听……乃被发佯狂而为奴。"

⑪捉襟时见肘：一拉起衣襟就露出手肘，形容衣服破烂、生活困苦，代指顾此失彼。《庄子·让王》："曾子居卫，十年不制衣，正冠而缨绝，捉襟而肘见，纳履而踵决。"

⑫万方声一概：全国各地均是号角战鼓之声。《尚书·汤诰》："诞告万方。"唐·杜甫《秦州杂诗》之四："万方声一概，吾道竟何之。"

⑬阳九：指灾难之年或厄运。古代术数家的灾异之说，谓四千六百一十七岁为元，初入元一百零六岁，外有灾岁九，称为"阳九"。《汉书·食货志上》："予遭阳九之阸，百六之会。枯旱霜蝗，饥馑荐臻。"

⑭无食使人瘦：无肉可食使人消瘦。宋·苏轼《于潜僧绿筠轩》："无肉令人瘦，无竹令人俗。"

⑮孙登：（约220—280），魏晋隐士，字公和，汲郡共人，长年隐居苏门山，号苏门先生。尤善长啸，阮籍和嵇康均曾向他请教。《晋书·阮籍传》："籍尝于苏门山遇孙登，与商略终古及栖神导气之术，登皆不应。籍因长啸而退；至半岭，闻有声若鸾凤之音，响乎岩谷，乃登之啸也。"

⑯林薮：山林与泽薮，指山野隐居之地。《韩非子·说疑》："观其所举，或在山林薮泽岩穴之间。"

浅解：

饶公在瑶山之中，避难良久，渐渐熟悉了此间的风物。一方面，这里花草木石皆有可观，充满了自然大美，其较之群山之外亦相对安宁；另一方面，国家仍处在战乱之中，令人烦忧，而山村的生活条件也颇为恶劣，耳边的瑶族方言更时刻提醒饶公：自己仍身在异乡。热爱自然本来是饶公的天性，可是，在这种家国困境中，他却心有郁结、总不能尽情享受野趣。对山林之美的欣赏，与思乡怀人之感、忧心家国之情相互交错，共同构成了饶公彼时复杂的情怀。

　　简译：瑶山的淡酒，天天饮不离口。瑶女不解乡愁，客行者空自搔首。各村均讲方言，家家以泥封窗。老松八千尺高，北风每天在其旁怒吼。山花刚刚绽放靓丽，山石渐渐从丑变美。山雾弥漫五里，张楷挟我疾跑。本性爱与麋鹿为伍，哪曾想跨坐苍狗。世事纷乱隐居伴狂，拉起衣襟常现手肘。赤脚拖曳狐皮裘衣，笑此乐趣谁人能有。全国各地均处战乱，到此处可暂忘灾厄。只还想要花猪肉，无肉可食使人消瘦。在驴肩上且行且歌，跟在牛身后寻得归途。长啸呼唤孙登，客行者之梦落在山野间。

卅四年元旦值无锡国专二十四周年校庆，石渠①置醴瑶山精舍，酒后赋呈座上诸公。

我似羸牛②鞭不动，尚欲与公偕入瓮③。
薄酒浇胸如泻水，一饮百杯嫌未痛。
江海④相逢值元日⑤，觥筹⑥手挥兼目送⑦。
穷山华筵岂易得，此乐要当天下共。
太湖三万六千顷，伊昔⑧曾开白鹿洞⑨。
崔巍瑶岭播迁⑩来，最高寒处能呵冻⑪。
师友呻吟⑫各一方，二十四年真一梦。
我行叠嶂叹观止⑬，如吞八九于云薔⑭。
群公坚苦餐藜藿⑮，要为国家树梁栋。
平时蟠胸⑯有万卷，可与山灵⑰一披讽⑱。
潢潦⑲终当归巨浸⑳，蛮荆㉑自昔生屈宋㉒。
西溪㉓一脉此传薪㉔，南荒㉕万象足控控㉖。
汀洲㉗鸿雁渐安集，风雪纸窗余半缝。
倾壶㉘但愿长周旋㉙，破眼㉚梅花春欲纵。

注释：

① 石渠：蒋石渠，无锡国专老师。
② 羸牛：瘦弱之牛。《汉末名士录》："其怨家积财巨万，文马百驷，而欲使伯求羸牛疲马，顿伏道路，此为披其胸而假仇敌之刃也。"
③ 入瓮：原指进入大瓮受刑，此处指专心喝酒、倾心酒瓮。《资治通鉴·唐纪》："兴曰：'此甚易尔！取大瓮，令囚入中，何事不承！'俊臣乃索大瓮，火围如兴法，因起谓兴曰：'有内状推兄，请兄入此瓮。'兴惶恐叩头伏罪。"
④ 江海：四方各地。唐·杜甫《草堂》："弧矢暗江海，难为游五湖。"
⑤ 元日：正月初一。《尚书·舜典》："月正元日，舜格于文祖。"
⑥ 觥筹：酒杯和酒筹。宋·欧阳修《醉翁亭记》："射者中，弈者胜，觥筹交

错,起坐而喧哗者,众宾欢也。"

⑦手挥兼目送:弹琴助兴、远望归鸟。魏·嵇康《兄秀才公穆入军赠诗十九首》其十五:"目送孤鸿,手挥五弦。"

⑧伊昔:从前。《文选·陆机〈答贾长渊〉》:"伊昔有皇,肇济黎蒸。"唐代李善注:"《尔雅》曰:'伊,惟也。'郭璞曰:'发语辞也。'"

⑨白鹿洞:白鹿洞书院位于江西九江庐山五老峰南麓,宋四大书院之一。宋·陈舜俞《庐山记》:"又五里,至白鹿洞。贞元中,李渤字浚之,与仲兄偕隐居焉。"南宋时朱熹曾重振书院并在此讲学。

⑩播迁:流离,迁徙。《列子·汤问》:"岱舆、员峤二山,流于北极,沉于大海,仙圣之播迁者巨亿计。"

⑪呵冻:谓嘘气使砚中凝结的墨汁融解。宋·周必大《题东坡上薛向枢密书》:"是日其生朝也。身为二千石,士民当盈庭为寿,不则与家人饮食燕乐,乃斋心呵冻,极陈国计,其贤于人远矣。"

⑫呻吟:吟诵。汉·王充《论衡·案书》:"刘子政玩弄左氏,童仆妻子,皆呻吟之。"

⑬叹观止:叹为观止,认为再没有比得上的。《春秋左传》:"德至矣哉!大矣!如天之无不帱也,如地之无不载也。虽甚盛德,其蔑以加于此矣,观止矣。若有他乐,吾不敢请已。"

⑭云瞢:即云梦泽,古时楚地大泽之名。《周礼·夏官》:"正南曰荆州,其山镇曰衡山,其泽薮曰云瞢。"东汉郑玄注:"衡山在湘南,云瞢在华容。"

⑮藜藿:藜和藿之类野菜,泛指粗劣的饭菜。《韩非子·五蠹》:"粝粢之食,藜藿之羹。"

⑯蟠胸:满腹满胸。明·杨慎《邓川杨少参两依庄》:"空余蟠胸济世策,日对邻叟谈桑麻。"

⑰山灵:山神。《文选·班固〈东都赋〉》:"山灵护野,属御方神。"唐代李善注:"山灵,山神也。"

⑱披讽:披阅讽咏。宋·计有功《唐诗纪事》:"斋心拭目,尽得披讽。"

⑲潢潦:地上流淌的雨水。《文选·陆机〈赠尚书郎顾彦先〉》:"丰注溢脩霤,潢潦浸阶除。"张铣注:"潢潦,雨水流于地者。"

⑳巨浸:大河流。唐·骆宾王《夏日游德州赠高四》诗:"鬲津开巨浸,稽阜镇名都。"

㉑蛮荆:战国时的楚国又被称"荆",且其地远离中原文明,故曰"蛮荆"。汉·高诱《吕氏春秋注》:"荆,楚也。秦庄王讳'楚',避之曰'荆'。"

㉒屈宋：屈原与宋玉。二人均是楚怀王时的楚国士大夫，其文学作品俱见于《楚辞》。

㉓西溪：浙江有西溪。"西溪一脉"即指无锡国专。

㉔传薪：以薪传火，比喻师生递相授受。《庄子·养生主》："指穷于为薪，火传也，不知其尽也。"

㉕南荒：南方荒凉遥远的地方。晋·陆机《辨亡论》："輶轩骋于南荒，冲輣息于朔野。"

㉖持控：主持，执掌。金·元好问《愚轩为赵宜之赋》："心生心化谁持控，举世佽佽皆大梦。"

㉗汀洲：水中小洲。《楚辞·九歌·湘夫人》："搴汀洲兮杜若，将以遗兮远者。"

㉘倾壶：饮酒。晋·陶潜《咏贫士七首》其二："倾壶绝余沥，窥灶不见烟。"

㉙周旋：交往，交际应酬。明·王铎《兵部尚书节寰袁公夫人宋氏行状》："余为史官时，盖与夫人子户部山西司主事袁公石寓讳枢周旋晨夕，故得闻袁母持家晓大义。"

㉚破眼：睁开眼睛。宋·范成大《虎牙滩》："惊心度石林，破眼见村舍。"

浅解：

民国三十四年，即公元1945年，迁校至广西的无锡国专迎来了其24周年校庆。元旦之际，流落瑶山荒村中无锡国专师生为学校庆祝校庆。饶公与大家共同宴饮，享受深山中难得的盛筵。饶公回顾学校的来途，并不以当下置校于广西山中而悲，认为在僻远之地依然能育出国之栋梁——这正是国难当头时学校育人之意义所在。以是故，饶公乃为此诗，与同行众人共勉。

简译：我已如羸牛鞭策不动，却仍想与你们共饮。淡酒浇胸如同水泻，一次喝百杯犹未痛快。从四方相聚正值元旦，行酒并弹琴远眺。困塞山中岂易有此盛筵，这等欢乐应与天下分享。太湖广袤无边，从前曾设白鹿洞书院。流离到这崔巍的瑶山，最冷的高处尚能融墨。师长友人遍布各地吟诵文章，二十四年校史真如梦中。我们到此重山叹为观止，如同占据大半云梦泽。诸公坚贞历苦餐食野菜，要为国家育出栋梁。胸中从来藏书万卷，可与山神一同披阅讽咏。流水终要归入大河，楚国荒蛮曾出屈原宋玉。西溪一脉在此以薪传火，足以执掌南荒万象。鸿雁渐安集于汀洲，纸窗在风雪中缝隙半露。愿与诸君长相往来同饮，睁眼见梅花知春色将展。

赠蒋石渠

谁欤玄黄①兵马秋。力能犯难砥中流②。浑身是胆③有蒋侯。五车载书④驱九牛⑤。侧身西向⑥睇梁州⑦。凿山⑧缘木⑨穷荒陬⑩。猿狖⑪蛮犵⑫相交樛⑬。险如阴平⑭宵渡偷。沧江老屋小如舟。鹧鸪⑮满山呼钩辀⑯。行不得也⑰终迟留⑱。同来诸生三两俦⑲。恰如陈蔡从孔丘⑳。昼则樵爨㉑夜呻嗖㉒。文学穰穰㉓仓囷㉔稠。有弟有弟硕且修。群经百子㉕独旁搜㉖。赴义无畏行无讹。谁其可比隋二刘㉗。我昔感君枉青眸㉘。千里之外结绸缪㉙。风雨如晦㉚屋鸣鸠。既见君子喜兼愁。恶风浊浪波山浮。佩君不肯化指柔㉛。似君须向古人求。乾坤吾道㉜长悠悠。急景凋年㉝忽我遒。岂不怀归㉞不自由。群山峨峨风飕飕。别君东去徒离忧。

注释：

①玄黄：黑色与黄色。案天玄而地黄，故玄黄交杂系指天地相合、乾坤相交、阴阳相错。《周易》坤卦上六爻辞："龙战于野，其血玄黄。"此处指战乱。

②砥中流：作为中流之砥柱，比喻危难中能负重任、支危局之人。"砥柱"是黄河中之古山名。北魏·郦道元《水经注·河水四》："砥柱，山名也，昔禹治洪水，山陵当水者凿之，故破山以通河，河水分流，包山而过，山见水中若柱然，故曰砥柱也。"明·徐渭《季先生入祠祭文》："当其仕也，为砥柱于风波之中，有举世所难言者而独言之，举世所难行者而独行之。"

③浑身是胆：形容胆量大、无所畏惧。《三国志·蜀志·赵云传》裴松之注引《云别传》："先主明旦自来，至云营围，视昨战处，曰：'子龙一身都是胆也！'"

④五车载书：《庄子·天下》："惠施多方，其书五车。"后世据此而谓"学富五车"。

⑤九牛：《列子·仲尼》："吾之力者，能裂犀兕之革，曳九牛之尾。"后世据此以九牛形容力大。

⑥侧身西向：梁州在西，故曰"西向"。故曰唐·李白《蜀道难》："蜀道之难难于上青天，侧身西望长咨嗟。"

⑦梁州：《禹贡》篇所提及的上古"九州"之一，传说应在汉中一带。《尚书·禹贡》："华阳黑水惟梁州。"

⑧凿山：开山凿路。《三国志·魏书·邓艾传》："艾自阴平道行无人之地七百余里，凿山通道，造作桥阁。"

⑨缘木：爬树。《楚辞·九章·思美人》："令薛荔以为理兮，惮举趾而缘木。"

⑩荒陬：荒远的角落。《文选·左思〈吴都赋〉》："其荒陬谲诡，则有龙穴内蒸。"

⑪猿狖：亦称"猱狖"，指猿猴。《楚辞·九章·涉江》："深林杳以冥冥兮，乃猱狖之所居。"

⑫蛮犵：指"犵狫"，今作"仡佬族"，我国西南少数民族之一。宋·朱辅《溪蛮丛笑》："犵狫，蛮之尤怪者。"

⑬交樛：交错纠结。《仪礼·丧服》旧传："故殇之绖不樛垂，盖未成人也。"

⑭阴平：阴平郡在今甘肃文县西北，三国时，邓艾率魏军从此处。《三国志·魏书·邓艾传》："冬十月，艾自阴平道行无人之地七百余里，凿山通道，造作桥阁。山高谷深，至为艰险，又粮运将匮，频于危殆。艾以毡自裹，推转而下。将士皆攀木缘崖，鱼贯而进。先登至江由，蜀守将马邈降。"

⑮鹧鸪：传统认为鹧鸪啼声凄苦，容易引发哀思。唐·白居易《山鹧鸪》："朝朝暮暮啼复啼，啼时露白风凄凄。"

⑯钩辀：鹧鸪鸣声音如"钩辀"。唐·韩愈《杏花》："鹧鸪钩辀猿叫歇，杳杳深谷攒青枫。"

⑰行不得也：鹧鸪叫声凄厉，谐音如"行不得也哥哥"。宋·刘辰翁《大圣乐·伤春》："提葫芦何所得酒，泥滑滑、行不得也哥哥。"

⑱迟留：迟滞、停留。汉·王充《论衡·状留篇》："神灵之物也，故生迟留。"

⑲同来诸生三两俦：谓跟从蒋石渠入瑶山而复课的学生。

⑳陈蔡从孔丘：孔子曾与其弟子一行受困于陈国、蔡国之间。《史记·孔子世家》："斥乎齐，逐乎宋、卫，困于陈、蔡之间。"

㉑樵爨：生火做饭用的木柴。北齐·魏收《魏书·燕凤传》"军无辎重樵爨之苦，轻行速捷，因敌取资，此南方所以疲敝而北方之所常胜也。"

㉒呭优：叹息、呻吟、吟咏之声。唐·韩愈《赴江陵途中寄赠王二十补阙李十一拾遗李二十六员外翰林三学士》："亲逢道死者，停马久呭优。"

㉓文学穰穰：文章丰富。唐·韩愈《刘生》："天星回环数才周，文学穰穰困仓稠。"

㉔仓囷：粮仓。《礼记·月令》："孟秋之月……筑城郭，建都邑，穿窦窖，修囷仓。"

㉕群经百子：经部、子部诸书，包括十三经与先秦诸子之书等。通经学、子学，即是熟悉中国传统思想史。明·林弼《宿云房记》："视其壁，则奇画古墨也；睹其几，则群经百子也。"

㉖旁搜：广泛搜集资料以论事。唐·韩愈《进学解》："寻坠绪之茫茫，独旁搜而远绍。障百川而东之，回狂澜于既倒。"

㉗二刘：指隋代经学家刘炫、刘焯。《隋书·刘焯传》："刘炫聪明博学，名亚于焯、故时人称二刘焉。"

㉘青眸：犹"青眼"，指对人器重、赏识。宋·黄裳《与南京留守》："泽国旌麾十几秋，一封曾去辱青眸。"

㉙绸缪：深切的交情。《文选·李陵〈与苏武诗〉》："独有盈觞酒，与子结绸缪。"

㉚风雨如晦：风雨交加，天色昏暗如同黑夜。《诗·郑风·风雨》："风雨如晦，鸡鸣不已。既见君子，云胡不喜。"

㉛化指柔：原谓炼钢以造出柔韧之剑，此处指人不再刚直而变得软弱。《文选·刘琨〈重赠卢谌〉》："何意百炼钢，化为绕指柔。"

㉜吾道：孔子的学说主张。《论语·里仁》："子曰：'参乎！吾道一以贯之。'"

㉝急景凋年：时光急促，一年将尽。亦指年华易逝。《文选·鲍照〈舞鹤赋〉》："于是穷阴杀节，急景凋年。"

㉞岂不怀归：岂是不思念故里。《诗·小雅·四牡》："四牡騑騑，周道倭迟。岂不怀归？王事靡盬，我心伤悲。"

浅解：

　　蒋石渠不顾时局艰险，努力张罗复课事宜。明知战火纷飞仍进出行事，足见其义；将性命置之度外只为重新办学，足见其仁。这种为坚持治学育人而不畏艰险、不顾安危的品行，令饶公深为感动。

本诗属于"柏梁体",句句押平声韵,一韵到底。

简译:谁在战乱之年,笃力冒险砥柱中流?唯有浑身是胆的蒋石渠。牛拉车载运书入山,侧身西望梁州。开山爬树走尽荒境,猿猴仡佬相互交杂。如趁夜偷渡阴平一般危险,老屋于沧江小如孤舟。满山鹧鸪鸣声钩辀,前行不得终究迟滞停留。与您同来有二三学子,恰似弟子于陈蔡追随孔丘。白天砍柴夜里叹息,文章丰富如粮仓满满。有弟身形高俊,广泛搜读经子之书。行此义举无畏无忧,唯有隋代二刘可与相比。我曾感激您之错爱,千里之外结下友谊。昏暗乱世鸡鸣彻屋,既见到您又喜又愁。恶风浊浪波涛如山,佩服您不肯变得软弱。如您品行者只见于古,如孔子之道经久不变。年岁忽然急迫将尽,岂不思乡但不得行。群山巍峨风声飕飕,离您东去徒增忧愁。

金秀村迟①蒋毅庵不至

君昔命驾②适蒙山，茧足③龙阪（蒙山地名）空复还。
君行桐木（瑶山墟名）不可遇，我且拂衣文墟去。
人生会合不可常，浮云蔽天④道路长。
山头流水长呜咽⑤，客心此日悲未央⑥。
与君交好如兄弟，翩翻⑦无奈成秋蒂⑧。
千峰黯黯云冥冥⑨，终日迟君君不至。
我归少住龙头村，劳生⑩久已杂鸡豚。
相逢当为置醇酎⑪，霞佩⑫颉颃⑬古所敦。

注释：

①迟：古字"遟"，等待、徘徊之意。《文选·陆机〈挽歌诗〉》："哀鸣兴殡宫，回遟悲野外。"

②命驾：命人驾车马，亦指乘车。《春秋左传》："退，命驾而行。"

③茧足：疲劳奔走乃至脚上长茧。《韩非子·外储说左上》："手足胼胝，面目黧黑，劳有功者也。"

④浮云蔽天：浮云遮住天空。汉·陆贾《新语·慎微》："故邪臣之蔽贤，犹浮云之障日月也。"

⑤山头流水长呜咽：山上流水声如哭泣。北朝《陇头歌辞》："陇头流水，鸣声呜咽。遥望秦川，肝肠断绝。"

⑥悲未央：悲伤不止。南齐·谢朓《暂使下都夜发新林至京邑赠西府同僚》："大江流日夜，客心悲未央。"

⑦翩翻：上下翻飞、飘忽摇曳之貌。汉·刘向《说苑·指武》："钟鼓之音，上闻乎天；旌旗翩翻，下蟠于地。"

⑧秋蒂：秋天的花果。《梁书·侯景传》："大风一振，枯干必摧。凝霜暂落，秋蒂自殒。"

⑨云冥冥：层云昏暗。唐·李白《远别离》："日惨惨兮云冥冥，猩猩啼烟兮鬼啸雨。"

⑩劳生：辛苦劳累地生活。《庄子·大宗师》："夫大块载我以形，劳我以生，佚我以老，息我以死。"
⑪醇酎：美酒。宋代陆佃撰、明代牛衷增辑之《增修埤雅广要·交趾国》："客至则设槟榔，食顷面频颓红，如饮醇酎。"
⑫霞佩：仙人的服饰衣物。唐·韩愈《调张籍》："乞君飞霞佩，与我高颉颃。"
⑬颉颃：上下齐飞，比喻共同追求学问、较量诗文。《诗·邶风·燕燕》："燕燕于飞，颉之颃之。"

浅解：

　　饶公与蒋毅庵交好，听闻其来到蒙山地界，多次欲与之会面相聚，却总失之交臂而不得见。客行在外，如能有故友为伴，则能稍慰乡情；而饶公难以与友人团聚，则更加重了他客居异乡的悲苦——因此又愈发期盼将来能与友人见面。

　　简译： 您昔日乘车到蒙山，奔波于龙阪空自归去。您到桐木我往见而不得，我只能拂袖到文墟。人生中不常有团聚，浮云蔽天道路漫长。山头流水声如哭泣，客行之心今日悲伤不止。与您交好如同兄弟，飘摇无奈如秋实般四坠。群峰黯然层云昏暗，整天等待您您却不来。我回龙头村暂住，辛劳生活长与鸡豚为伴。相逢一定为您摆上美酒，与您霞佩互较如古人所勉。

白沙道中遇雨

松阴勺水①碧于蓝,乱石穿空②锁夕岚③。
蛮雨④撩人偏作美,严冬宛似暮春三⑤。

注释:

①勺水:少量之水。《礼记·中庸》:"今夫水一勺之多,及其不测,鼋鼍蛟龙鱼鳖生焉,货财殖焉。"
②乱石穿空:险峻的石壁高耸入云。宋·苏轼《念奴娇》:"乱石穿空,惊涛拍岸,卷起千堆雪。"
③夕岚:暮霭,傍晚山林里的雾气。唐·王维《崔濮阳兄季重前山兴》:"残雨斜日照,夕岚飞鸟还。"
④蛮雨:南方少数民族居住区域之雨。"蛮"即古代南方少数民族之名。晋·常璩《华阳国志·巴志》:"去洛二千五百里,东接建平,南接武陵,西接巴郡,北接房陵奴獽夷蜑之蛮民。"
⑤暮春三:暮春三月。《文选·丘迟〈与陈伯之书〉》:"暮春三月,江南草长。杂花生树,群莺乱飞。"

浅解:

饶公行至白沙的山路中,时值深冬,偏下起了雨。南方冬雨本就倍增寒意,更兼正是客行跋涉之时,可堪令人烦扰。饶公却心态平和、以此为乐,趁雨而欣赏山光水色,甚至幽默地以此景与暮春三月的温风细雨相比。

简译:松阴浅水碧深胜蓝,峻石高耸封锁暮霭。南雨撩人偏偏作美,深冬仿佛暮春三月。

白沙道中遇雨

松陰夕水珮石作盞　亂石爭空　鎖碧苔　夕嵐愛弄　撩人偏作美嚴冬　岸似署春三

僑山集墨作
乙未逞筆

别石渠

等是无家别①,难为去国②心。
南风终不竞③,荒谷唯穷阴④。
食蕨⑤颜逾美,生鱼⑥陆可沉⑦。
寄言分手者,相守在东林⑧。

注释:

①无家别:无家可归之别。唐代杜甫作有《无家别》诗。
②去国:离开国都或离开故乡。宋·范仲淹《岳阳楼记》:"登斯楼也,则有去国怀乡,忧谗畏讥,满目萧然,感极而悲者矣。"
③南风终不竞:南方音乐萧瑟低回。《春秋左传》:"不害,吾骤歌北风,又歌南风。南风不竞,多死声,楚必无功。"
④穷阴:旧历十二月的冬末之时,夜长昼短。《文选·鲍照〈舞鹤赋〉》有"穷阴杀节"之辞,唐代李善等人作注时认为此处是在化用《礼记》中的"季冬之月,日穷于次"之语。按"季冬"即十二月,"日穷"故而夜长。
⑤食蕨:以野菜为食。唐·杜甫《积草岭》:"食蕨不愿余,茅茨眼中见。"
⑥生鱼:生民被洪灾淹没如鱼,亦泛指人民遭到灾祸。《春秋左传》:"微禹,吾其鱼乎。"
⑦陆可沉:"陆沉"犹言非在水中却能下潜于平地,即隐居。《庄子·则阳》:"方且与世违而心不屑与之俱,是陆沉者也。"郭象注:"人中隐者,譬无水而沉也。"
⑧东林:东林书院,在江苏无锡。北宋大儒杨时首先在此设立书院而讲学,明代后期,顾宪成等人复兴书院并在此讲学议政。此即代指无锡国专之故园。

浅解:

好友蒋石渠即将离开,令饶公极为感伤。与友人之分别,又牵动了客居他乡的愁绪。值此灾厄之年,每个人都安危莫测,饶公只希望将来能与友人在无锡的国专故园处相聚、彼此皆平安无事。

简译：犹如无家可归之别，辛苦您心怀故国。南方之乐终究靡弱，荒谷中天色昏暗。食用野菜脸色渐好，生民遭灾可堪隐居。寄言分别之人，约在东林相聚。

毅庵自瑶山归赣，道经文墟，信宿饯之以诗。

出山还作入山谋，憔悴南冠一楚囚①。
零乱飘灯②惊暝宿③，分飞劳燕④惜迟留⑤。
君从惶恐滩⑥头住，吾向茱萸江⑦上休。
肠断朔风⑧行万里，一川鼙鼓⑨月如钩。

注释：

①南冠一楚囚："南冠"即楚人之头冠，"楚囚"即楚人被囚于他国，后代指在异乡困居或遭到监禁。《春秋左传》：晋侯观于军府，见钟仪，问之曰："南冠而絷者谁也？"有司对曰："郑人所献楚囚也。"

②飘灯：灯影飘摇。唐·李商隐《春雨》："红楼隔雨相望冷，珠箔飘灯独自归。"

③暝宿：夜晚之睡眠。唐·王维《蓝田山石门精舍》："暝宿长林下，焚香卧瑶席。"

④分飞劳燕：伯劳与燕子种属不同、习性各异，而飞往不同方向，比喻人之别离。《玉台新咏·东飞伯劳歌》："东飞伯劳西飞燕，黄姑织女时相见。"

⑤迟留：迟滞、停留。汉·王充《论衡·状留篇》："神灵之物也，故生迟留。"

⑥惶恐滩：在江西万安县境内，是赣江十八险滩之一。宋·文天祥《过零丁洋》："惶恐滩头说惶恐，零丁洋里叹零丁。"

⑦茱萸江：即资江，右源在广西资源县，左源在湖南城步，合流于湖南邵阳而称资江。《水经注》："资水……其间径流山峡，名之为茱萸江，盖水变名也。"

⑧朔风：北风。魏·曹植《朔风》："仰彼朔风，用怀魏都。愿骋代马，倏忽北徂。"

⑨鼙鼓：军用小鼓，泛指战鼓。唐·白居易《长恨歌》："渔阳鼙鼓动地来，惊破霓裳羽衣曲。"

浅解：

饶公终于得见蒋毅庵，却是在对方将跋涉回江西之际。短暂重逢后又将久别，唯期盼将在战乱中经行万里的友人能平安珍重。

简译：出山系为入山打算，憔悴客居一介南人。灯影零乱惊起夜眠，友人分别珍惜暂伫。您往惶恐滩上居住，我到茱萸江上休憩。肠断北风行程万里，一江战鼓声月影如钩。

兵后同文炳柏荣黄牛山临眺

避兵惟爱酒中藏,小憩椒丘①当坐忘②。
埋雾峰峦犹虎踞③,追风木叶尚鹰扬④。
剧怜拱手⑤归秦虏⑥,失笑⑦行歌类楚狂⑧。
剩有晴岚⑨堪媚客,牛山风物⑩亦清凉。

注释:

①椒丘:中间高四周低的小丘。《楚辞·离骚》:"步余马于兰皋兮,驰椒丘且焉止息。"东汉王逸注:土高四堕曰椒丘。

②坐忘:静坐中忘记物我行迹从而感通本体大道。《庄子·大宗师》:"堕肢体,黜聪明,离形去知,同于大通,此谓坐忘。"

③虎踞:如猛虎蹲踞,形容地势雄伟险要。南梁·庾信《哀江南赋》:"昔之虎踞龙盘,加以黄旗紫气。"

④鹰扬:如鹰飞扬。《诗·大雅·大明》:"维师尚父,时维鹰扬。"毛传:"鹰扬,如鹰之飞扬也。"

⑤拱手:合起双手、不亲力做事,比喻毫不费力。《文选·贾谊〈过秦论〉》:"于是秦人拱手而取西河之外。"

⑥秦虏:秦国侵略者。代指日寇。

⑦失笑:忍不住发笑。宋·苏轼《文与可画筼筜谷偃竹记》:"发函得诗,失笑,喷饭满案。"

⑧楚狂:佯狂的楚国隐士。《庄子·人间世》:"孔子适楚,楚狂接舆游其门。"

⑨晴岚:天晴时深山中犹有云雾萦绕。宋·周邦彦《渡江云》:"晴岚低楚甸,暖回雁翼,阵势起平沙。"

⑩风物:风景、物产。晋·陶潜《游斜川》诗序:"天气澄和,风物闲美。"

浅解:

　　日寇肆虐而过之后,饶公和两位友人倚山势而远眺其踪迹。面对猖獗的敌人,非但不能正面相抗,还必须退避于山中,这诚然是饶公一行作为手无兵刃之学人的心中痛处。感怀国土沦丧、却又无从讨虏，恨至极处，竟只剩无奈的苦笑。

简译：躲避兵乱爱藏于酒中，在土丘上小憩权当坐忘。峰峦隐于雾中如同虎踞，落叶随风尚似鹰飞。甚怜山河被拱手让给日寇，失声笑而纵歌如同楚狂。只剩晴雾能令旅人心喜，黄牛山风物亦属清凉。

黄　村

劫余草树有创痕，乱石临江似马屯①。
云自无心②波自远，一帆初日过黄村。

注释：

①马屯：兵马屯集。唐·杜甫《龙门镇》："胡马屯成皋，防虞此何及。"
②云自无心：云随意飘动、不涉人事。唐·白居易《白云泉》："天平山上白云泉，云自无心水自闲。"

浅解：

　　本诗仅末句船行之语直言人事，此外所有意象皆是自然风物。而仅有的船过江村之辞，偏又极尽恬淡、不露心迹。至此，本诗的所有情绪便都倾注在那些外在景物之上："草木"是历劫余生、饱受创伤，"乱石"兀自纵横、却被目为敌人陈兵临江，这均是饶公移情于景的笔法——心中痛楚已无法直面、只能将之隐于物后；而"云自无心波自远"，则是连隐于外物背后的感情都已无法面对了。

　　简译：劫后草木犹有创伤痕迹，江边乱石犹如敌军密布。云飘随性水波渐远，船帆映着朝阳渡过黄村。

武林口

滔滔二水合成愁①，处处人家水上楼。
落日孤蓬②天杳杳③，已迷归路是藤州④。

注释：

①合成愁：江水汇流成一，惹起离愁。宋·吴文英《唐多令·惜别》："何处合成愁，离人心上秋。"
②孤蓬：随风飘转的蓬草，比喻飘泊无定的旅人。唐·李白《送友人》："此地一为别，孤蓬万里征。"
③杳杳：幽静深远之貌。唐·刘长卿《送灵澈上人》："苍苍竹林寺，杳杳钟声晚。"
④藤州：隋开皇十二年，改石州为藤州，以藤江、藤岭为名，明洪武十年降为藤县，在今广西藤县。

浅解：

　　饶公伫立江口，眼见二江合流。江水尚能汇合，客行之人却不能回到故乡与亲人团聚，在这战乱的年月中，人的命运竟不如流水。站在江岸，满眼瑶屋水寨的异乡景象，饶公仿佛天际飞蓬，回归故里已是奢望。

　　简译：滔滔两江合成离愁，瑶家处处水上起楼。落日飞蓬天幽远，我在藤州已迷失归途。

宿雨添長迷處所江流砌恨幾多亂山

南山远
云多难向
藤阴觅
旧踪

儒山集句作
乙未 选堂

过藤县默诵

过藤县①默诵少游好事近词②

宿雨添花迷处所,江流砌恨几多重。
乱山南北连云去,难向藤阴觅旧踪。

注释:

① 藤县:隋开皇十二年,改石州为藤州,以藤江、藤岭为名,明洪武十年降为藤县,即今广西藤县。

② 少游好事近词:秦观(1049—1100),字少游,北宋词人,"苏门四学士"之一,死于藤州。其作有《好事近·梦中作》:"春路雨添花,花动一山春色。行到小溪深处,有黄鹂千百。飞云当面化龙蛇,夭矫转空碧。醉卧古藤阴下,了不知南北。"饶诗中"宿雨添花"、"南北"、"藤阴"等语,皆本于此。

浅解:

《苕溪渔隐丛话》引《冷斋夜话》云:"秦少游处州,梦中作长短句曰:'山路雨添花……'后南迁,久之,北归,逗留于藤州,遂终于瘴江之上光华亭。时方醉起,以玉盂汲泉欲饮,笑视之而化。"据此,此词当为秦观于绍圣二年春所作,离去世有五年之久。因结语有"醉卧古藤阴下"之句,后人遂以为其死于藤州之谶。而此时饶公亦客居于藤县一带,感怀于秦观客死他乡,更因自己不得归乡而伤悲,于是作此诗,既悼前贤,兼志归思。

简译:夜雨绽花迷我所居,江流引来多少叹恨。乱山层云隔断南北,难从藤阴认出旧踪。

大安镇①水涨

水天相模糊,四顾失平陆②。
榜舟③直叩门,鸡犬俱升屋④。
层波生木杪⑤,九街缘水曲。
俯仰⑥即沧浪⑦,恍然出新沐⑧。

注释:

①大安镇:广西平南县有大安镇。
②失平陆:平地被水淹没。唐·吴筠《苦春霖作》:"俯望失平陆,仰瞻隐崇峦。"
③榜舟:行船,驶船。唐·韩愈《南溪始泛三首》其一:"榜舟南山下,上上不得返。"
④鸡犬俱升屋:鸡犬只能升格住在房屋内。盖戏为化用"鸡犬升天"之典,北魏·郦道元《水经注》:"唐君字公房,成固人也。学道得仙,入云台山;合丹服之,白日升天。鸡鸣天上,狗吠云中。"
⑤木杪:树梢。刘宋·谢灵运《山居赋》:"蹲谷底而长啸,攀木杪而哀鸣。"
⑥俯仰:低头抬头之间,指瞬息之间。魏·嵇康《兄秀才公穆入军赠诗十九首》其十五:"俯仰自得,游心太玄。"
⑦沧浪:青苍之水。《孟子·离娄上》:"有孺子歌曰:'沧浪之水清兮,可以濯我缨;沧浪之水浊兮,可以濯我足。'"
⑧新沐:刚沐浴完。《楚辞·渔父》:"新沐者必弹冠,新浴者必振衣。"

浅解:

在大安镇,饶公经历了一次水患。饶公的逃难生活已足够困苦,偶然遇见大水浸街,虽令生活愈加艰难,却也不妨以戏谑的心态轻松面对。全诗之中,多处使用了夸张的修辞手法,极言水势之大。结篇之处,饶公更幽默地自嘲浑身湿漉、仿佛经历一次沐浴。

简译:水天之际相互模糊,四望平地被水淹没。行舟可以直扣屋门,鸡犬升格住进宅中。层层波涛高于树梢,众街成为水边之岸。忽而所见俱是沧浪,恍惚如同刚沐浴毕。

宿七里村

夜投七里村，又行百二里。
水边沙外①人，天寒树如此②。

注释：

①水边沙外：宋·秦观《千秋岁》："水边沙外，城郭春寒退。"全词更有"人不见"、"忆昔"、"今谁在"、"朱颜改"、"春去也"等语，充满了感怀今昔之情。
②树如此：谓人所承受的遭际变迁犹胜过树。《世说新语·言语》："桓公北征，经金城，见前为琅琊时种柳，皆已十围，慨然曰：'木犹如此，人何以堪。'攀枝执条，泫然流泪。"南梁·庾信《枯树赋》："树犹如此，人何以堪。"宋·辛弃疾《水龙吟·登建康赏心亭》："可惜流年，忧愁风雨，树犹如此。"

浅解：

本诗描绘了寒天冻地中深夜赶路的艰辛经行。长期离乱相催，让饶公饱受蹉跎。世道纷乱更兼天气恶劣、环境艰苦，连树也不堪忍受，更何况人之肉身？

简译：夜里投宿七里村，又复跋涉二百里。人在水边沙岸外，天寒树苦人尤甚。

勾漏洞①仿孟郊②体

星捶与霜锯③，何年化此奇。其棱刲④日月，其骨堆琉璃。入门惊昼晦，呵壁⑤觉天攲⑥。初如探耳漏，（淮南修务训：禹耳之漏。）旋似植断菑。（荀子非相：周公之状身如断菑。注：其形曲折，不能直立。）漏地不漏天，其妙不可知。偶得泉流涎⑦，涓滴不盈卮⑧。积水或成潭，其下喘蛟螭⑨。丹砂⑩非可求，碧藓一何滋。昔人兴峡哀⑪，我今为洞悲。凝幽少人来，凿空⑫至今疑。钩我零落⑬肠，起我深长思。俯仰⑭一线天，咨嗟⑮百丈梯。扪崖⑯自快意，不必羡门期⑰。

注释：

①勾漏洞：在广西北流以东勾漏山下，是道教的"洞天"之一。

②孟郊：(751—814)，唐代诗人，字东野，湖州武康人。其诗风奇崛，与贾岛并称"郊寒岛瘦"。

③星捶与霜锯：自然造化的天工之成。唐·李华《含元殿赋》："星锤电交于万堵，霜锯冰解于千寻。"

④刲：截断。唐·孟郊《峡哀十首》其七："峡棱刲日月，日月多摧辉。"

⑤呵壁：对壁而呵斥，发泄意气。汉代王逸所作《楚辞·天问》之序："屈原放逐，彷徨山泽。见楚有先王之庙及公卿祠堂，图画天地山川神灵，琦玮僪佹，及古贤圣怪物行事，因书其壁，呵而问之，以渫愤懑。"

⑥天攲：天穹倾斜。"攲"同"攱"，倾斜之意。《淮南鸿烈·天文训》："共工……怒而触不周之山，天柱折，地维绝。天倾西北，故日月星辰移焉；地不满东南，故水潦尘埃归焉。"

⑦流涎：本义指口水，此处指缓缓渗出的泉水。《文选·郭璞〈江赋〉》："扬鬐掉尾，喷浪飞涎。"

⑧盈卮：盛满酒杯。"有肴在俎，有酒盈卮。"

⑨蛟螭：蛟龙，泛指水族。汉·扬雄《羽猎赋》："探岩排碕，薄索蛟螭。"

⑩丹砂：用化学方法炼制出的药品，古人认为能使人长生。晋·葛洪《抱朴

子内篇》："凡草木烧之即烬，而丹砂烧之成水银，积变又还成丹砂，其去凡草木亦远矣。故能令人长生。"

⑪峡哀：唐代孟郊作有《峡哀》诗十首。

⑫凿空：探索未知领域。《史记·大宛列传》："然张骞凿空，其后使往者皆称博望侯以为质于外国，外国由此信之。"

⑬零落：衰颓萧索。唐·李贺《致酒行》："零落栖迟一杯酒，主人奉觞客长寿。"

⑭俯仰：上下而望。魏·嵇康《兄秀才公穆入军赠诗十九首》其十五："俯仰自得，游心太玄。"

⑮咨嗟：叹息。唐·李白《蜀道难》："蜀道之难难于上青天，侧身西望长咨嗟。"

⑯扪崖：摸扶崖壁。明·徐弘祖《徐霞客游记》："又扪崖直上，遂出其巅。"

⑰羡门期：与羡门仙人相约。《史记·秦始皇本纪》："三十二年，始皇之碣石，使燕人卢生求羡门、高誓。"裴骃《史记集解》载韦昭注："古仙人。"金·元好问《松笴同希颜钦叔裕之赋》："扪霞直与羡门期，一笑桑田海波白。"

浅解：

两广之交多有喀斯特地貌，岩生溶洞，石如钟乳，这些伴地下河而生的奇景，藏于幽深之处，不易为人所发现。饶公在艰苦的避难生活中，际遇于这种罕见的景观，为其奇特瑰丽而赞叹不已。不过，纵然洞中的美景，也仍引起了饶公的感伤，让他不禁想起了孟郊的《峡哀》之诗。"以我观物，故物皆着我之色彩"，殆此之谓也。

简译：大自然鬼斧神工，何年化出此等奇观。其棱角能削日月，其架构如堆琉璃。进洞惊见昼暗如夜，对壁呼呵始觉天穹倾斜。开始如探禹耳之漏，旋即屈身似枯倒之树。下方通达上方闭塞，其中妙境人所不知。偶然有泉水渗流，涓流一时不能满杯。长期积水竟成深潭，潭中鱼龙疾游。丹砂不可获求，绿藓滋生何多。前人吟作《峡哀》之诗，如今我记写洞中之悲。聚幽清处少有人来，谁探得此洞今所不知。勾起我萧索愁肠，引起我深长哀思。俯仰岩缝一线，嗟叹百丈天梯。抚壁自感快意，不必与仙相期。

桃源洞

势接九嶷山①，远甚苍梧野。
漫招帝子②魂，悲风木叶下③。
浅津莫问源④，密花可藏客⑤。
问天天不知，研丹擘危石⑥。

注释：

①九嶷山：古作九疑山，其地又称苍梧，在今湖南省永州市。《史记·五帝本纪》："南巡狩，崩于苍梧之野，葬于江南九疑，是为零陵。"

②帝子：指传说中尧的两个女儿——娥皇和女英，死在湘水一带。《楚辞·九歌·湘夫人》："帝子降兮北渚，目眇眇兮愁予。袅袅兮秋风，洞庭波兮木叶下。"

③悲风木叶下：见上注。

④浅津莫问源："津"即渡口。晋·陶潜《桃花源记》："南阳刘子骥，高尚士也，闻之，欣然规往。未果，寻病终。后遂无问津者。"

⑤密花可藏客：晋·陶潜《桃花源记》："芳草鲜美，落英缤纷……自云先世避秦时乱，率妻子邑人来此绝境，不复出焉，遂与外人间隔。"

⑥研丹擘危石：磨碎丹砂、破开高岩。唐·李商隐《燕台诗四首·春》："研丹擘石天不知，愿得天牢锁冤魄。"案《吕氏春秋·诚廉》："石可破也，而不可夺坚；丹可磨也，而不可夺赤。"李商隐以此比喻感情坚贞不渝。

浅解：

饶公在避难途中知遇桃源洞，其名称让人想起陶渊明笔下的桃花源。桃花源人为避秦时战乱而躲入其中；当此际，饶公一行亦是因躲避日寇的战火而来到桃源洞，其遭际一如古人，怎能不让人感叹沉吟？

简译：地势与九嶷山相接，远至苍梧之野。四处为帝子招魂，悲凄秋风吹落树叶。浅水渡口莫问桃源，桃花身处可藏来者。向天问询天亦不知，磨碎丹砂破开高岩。

鬼门关①

此关何曾远,到处好江山。
风威寒日瘦,篱菊②尚娇颜。

山谷竹枝词:"鬼门关外莫言远。"又言:"日瘦鬼门关外天。"

注释:

①鬼门关:在今广西北流县外,介于北流、玉林两县之间,此地两山相夹,其距离不过三十步。《旧唐书·地理志》:"北流县南三十里有两石相对,其间阔三十步,俗号鬼门关。"黄庭坚曾在此写下多首《竹枝词》诗。
②篱菊:篱下的菊花。晋·陶潜《饮酒》:"采菊东篱下,悠然见南山。"

浅解:

广西北流有一地,为两山所夹,唤作"鬼门关"。饶公经行于此,感于此地之名,联想到连月以来的险恶经历,竟觉得豁达开朗,周遭的凶险似也如这有名无实的鬼门关一般化为乌有。于是,饶公写下了这首于肃杀中洋溢生机的诗篇。

简译:此关何曾遥远,到处江山美好。寒风猛烈太阳清冷,篱下菊花尚显美丽。

九月三日①

举杯同祝中兴②日,甲午③以来恨始平。
一事令人堪莞尔,楼船④兼作受降城⑤。

注释:

①九月三日:1945年9月2日,日本在停泊于东京湾的美国战列舰密苏里号之上,举行了向同盟国投降的签降仪式。日本新任外相重光葵代表日本天皇和政府、陆军参谋长梅津美治郎代表帝国大本营,在投降书上签字。
②中兴:国家复兴。《诗·大雅·烝民》之《诗序》:"任贤使能,周室中兴焉。"
③甲午:1894年中日甲午战争。
④楼船:高大的战船,此处特指密苏里号战列舰。唐·刘禹锡《西塞山怀古》:"王濬楼船下益州,金陵王气黯然收。"
⑤受降城:原指汉、唐时在北方修建的防御戎寇之城,此处泛指受降之地。

浅解:

1945年9月2日,日本在"密苏里"号战舰上正式签署无条件投降书,抗日战争和世界反法西斯战争终于以日本战败投降告终。饶公和无锡国专师生得知消息,与举国上下一齐沉浸在欢欣喜悦与扬眉吐气的情绪里。在象征对方军队武力的战舰上签署降书,堪称城下之盟,饶公获悉日寇之狼狈,人民从此将摆脱战乱之苦,觉得衷心爽快。

简译:举杯同庆中兴之日,甲午以来怨憾始平。有一事令人发笑,战船兼作受降之地。

题北流江亭用李文饶①韵

临水谁相送,望乡可当还②。
凭高③还自笑,未到鬼门关。(此关距城二十里。)

注释:

①李文饶:即李德裕,字文饶,中晚唐时的名臣,官至门下侍郎、同中书门下平章事(即宰相),是"牛李党争"中所谓"李党"的领袖。他在政治上颇有建树,但也多次遭到贬官与放逐。清代汪森所编的《粤西诗文载》中收录一诗,认为是李德裕所作的《鬼门关》:"一去一万里,千知千不还。崖州在何处,生渡鬼门关。"但亦有人认为是稍早时的中唐诗人杨炎所作。
②望乡可当还:以远望家乡当作已经归还故里。《文选·悲歌》:"悲歌可以当泣,远望可以当归。"
③凭高:登临高处。宋·王安石《桂枝香》:"千古凭高,对此谩嗟荣辱。"

浅解:

虽然暂时还无法返回家乡,但饶公胸怀旷达,善于自我派遣。他效法古人,远望故乡以当归,并喜言性命无虞,充分体现了其乐观精神。

简译:水边谁人相送,望乡可以当归。登临高处还自欢笑,尚未将到鬼门关。

访东坡系舟处，即用其至梧示子由①韵。

西江②东去接湖湘，北流此水到何方。
欲寻坡老③系筏处，寒波无语烟微茫。
幽人④一往悲寂寞，至今犹为索行藏⑤。
独嫌好事添古迹，俯仰⑥江天路短长。
我来后公盖千载⑦，江边举颈遥相望。
感公学道⑧在知国，不教四海叹其亡⑨。
便敢因公诉箕子⑩，辽鹤归来⑪视八荒⑫。
山川无复分南北⑬，澹然⑭水国均吾乡。

注释：

① 至梧示子由：宋·苏轼《吾谪海南，子由雷州，被命即行，了不相知，至梧乃闻其尚在藤也，旦夕当追及，作此诗示之》："九疑联绵属衡湘，苍梧独在天一方。孤城吹角烟树里，落月未落江苍茫。幽人拊枕坐叹息，我行忽至舜所藏。江边父老能说子，白须红颊如君长。莫嫌琼雷隔云海，圣恩尚许遥相望。平生学道真实意，岂与穷达俱存亡。天其以我为箕子，要使此意留要荒。他年谁作舆地志，海南万里真吾乡。"
② 西江：西江是珠江的一大水系干流。发源于云南省曲靖市乌蒙山余脉马雄山东麓，流经滇、黔、桂、粤，过桂平、梧州，至广东三水思贤滘与东江、北江交汇，合珠江三角洲诸河而合称珠江。此处北向而流之西江系指其支流——圭江。
③ 坡老：指苏轼（1037—1101），字子瞻，号东坡居士。
④ 幽人：幽隐之人。《周易》履卦九二爻辞："履道坦坦，幽人贞吉。"
⑤ 行藏：行迹。《论语·述而》："用之则行，舍之则藏。"
⑥ 俯仰：上下而望。魏·嵇康《兄秀才公穆入军赠诗十九首》其十五："俯仰自得，游心太玄。"
⑦ 千载：苏轼生年距1945年逾九百年。
⑧ 学道：指学习儒家义理。

⑨其亡：将要危亡。《周易》否卦九五爻辞："其亡其亡，系于苞桑。"

⑩箕子：商代末期贵族，是帝乙之弟，纣王之叔父，因殷商政治混乱、纣王不听劝谏，而佯狂出逃，传说向东逃到了朝鲜。《史记·宋微子世家》："纣为淫泆，箕子谏，不听……乃被发佯狂而为奴……于是武王乃封箕子于朝鲜，而不臣也。"

⑪辽鹤归来：乘辽东、朝鲜一带的鹤鸟而归。《史记·宋微子世家》："其后箕子朝周，过故殷虚。"此即箕子"归来"之事。又因为箕子据说本已东至朝鲜，故曰系乘"辽鹤"而归。

⑫八荒：八方，指全天下。《文选·贾谊〈过秦论〉》："囊括四海之意，并吞八荒之心。"

⑬山川无复分南北：宋·秦观《好事近·梦中作》："醉卧古藤阴下，了不知南北。"

⑭澹然：安宁之貌。《文选·扬雄〈长杨赋〉》："使海内澹然，永亡边城之灾。"唐代李善注："澹，安也。"

浅解：

千年以前，苏轼亦在此地停舟驻足。饶公和苏子均一如殷末箕子般怀有才德而被迫客行，势必引起跨越时空限制的共鸣。不过，怀想当时，东坡虽然流离南荒，但国家尚且无虞；而饶公今日之逃难，则是个人与国家患难之结果，在自己颠沛之时，还有国家的安危需系在心头。因此，饶公的感怀，又较东坡居士更深一层。

简译：西江东流与湖南交接，圭江北去将流到何地。想找寻东坡系舟之处，水波寒冷无言烟雾微微迷茫。幽居之人一向因寂寞而悲，到今天仍求索行迹。嫌好事只添古迹，上下而望江天之间道路纷杂。我迟您千年来此，不能让四海叹其危亡。斗胆因袭您而言箕子，辽东骑鹤归视八方。山河不再分为南北，恬淡水国俱是故乡。

寄题牛矢山房①课子图为简又文

乱峰合沓②号六排③,祆氛④未豁此低回。
千里连山利御寇⑤,一村断发⑥辟蒿莱⑦。
虎尾⑧何堪青草瘴⑨,牛矢竟似黄金台⑩。
未能滋兰启九畹⑪,直须辟谷⑫消百灾。
野人曝背献芹子⑬,田夫泥醉⑭卧苍苔。
说与儿曹添至乐,莫因患离妄生哀。
破觚⑮聊以供占毕,长歌还要起咿唔⑯。
冥冥寂观尽寥廓⑰,区区藜藿⑱足生涯。
野旷春寒扉昼闭,山深夏木手亲栽。
厚地高天存正气,百沴千劫⑲思人才。
曾闻牛骥同一皂⑳,却看身世真齐谐㉑。
同君避地甘荼荠,为君题句心颜开。
寄诗喜见晴云霁,相思独卧空山隈㉒。
图成示我不辞远,会当一饮三百杯㉓。

注释:

① 牛矢山房:1945年1月15日,日军攻占蒙山县城,无锡国专师生避入蒙山文墟镇屯治村梁羽生家的陈家祖屋,次日逃往六排山中的"牛矢山房"。
② 合沓:重叠,攒聚。汉·贾谊《旱云赋》:"遂积聚而合沓兮,相纷薄而慷慨。"
③ 六排:指广西六排山。
④ 祆氛:妖气。唐·杜甫《北征》:"仰观天色改,坐觉祆氛豁。"各版本中,"祆"一作"妖","氛"一作"气"。
⑤ 利御寇:《周易》蒙卦上九爻辞:"击蒙,不利为寇,利御寇。"
⑥ 断发:古时南方民众将头发剪短之风俗。《春秋左传》:"大伯端委以治周礼,仲雍嗣之,断发文身,裸以为饰,岂礼也哉。"
⑦ 蒿莱:青蒿一类的野草。《韩诗外传》:"环堵之室,茨以蒿莱。"

⑧虎尾：指踩踏虎尾，比喻身犯险境。《周易》履卦："履虎尾，不咥人，亨。"
⑨青草瘴：两广夏天时的瘴气。宋·范成大《桂海虞衡志》："瘴，两广惟桂林无之，自是而南，皆瘴乡矣。"唐·王维《送杨少府贬郴州》："青草瘴时过夏口，白头浪里出溢城。"清代赵殿成《王右丞集笺注》引《广州记》："地多瘴气，夏为青草瘴，秋为黄茅瘴。"
⑩黄金台：《战国策·燕策》："于是昭王为隗筑宫而师之。乐毅自魏往，邹衍自齐往，剧辛自赵往，士争凑燕。"唐·李贺《雁门太守行》："报君黄金台上意，提携玉龙为君死。"
⑪滋兰启九畹：滋种大片兰草。《楚辞·离骚》："余既滋兰之九畹兮，又树蕙之百亩。"
⑫辟谷：《淮南鸿烈·人间训》："不衣丝麻，不食五谷，行年七十，犹有童子之色。"
⑬野人曝背献芹子：即"野人献曝"、"野人献芹"之典，指生活艰苦者认为日照、野芹是宝贵的美好之物。《列子·杨朱》："昔者宋国有田夫，常衣缊黂，仅以过冬。暨春东作，自曝于日，不知天下之有广厦隩室、绵纩狐貉，顾谓其妻曰：'负日之暄，人莫知者，以献吾君，将有重赏。'里之富室告之曰：'昔人有美戎菽甘枲茎芹萍子者，对乡豪称之。乡豪取而尝之，蜇于口，惨于腹，众哂而怨之。其人大惭。'子此类也。"
⑭泥醉：烂醉如泥。唐·元稹《刘二十八以文石枕见赠仍题绝句以将厚意因持壁州鞭酬谢兼广为四韵》："用长时节君须策，泥醉风云我要眠。"
⑮破觚：削开竹简；亦指削去棱角，比喻删繁就简。《史记·酷吏列传》："汉兴，破觚而为圜，斫雕而为朴，网漏于吞舟之鱼。"
⑯尰膭：病苦颓唐。《楚辞·王逸》："车轭折兮马尰膭，蠢怅立兮涕滂沱。"
⑰寥廓：旷远。《楚辞·远游》："下峥嵘而无地兮，上寥廓而无天。"
⑱藜藿：藜和藿之类野菜，泛指粗劣的饭菜。《韩非子·五蠹》："粝粢之食，藜藿之羹。"
⑲百沴千劫：百般疾病、千种劫难。宋·文天祥《正气歌》："如此再寒暑，百沴自辟易。"宋·苏轼《胜相院经藏记》："如以蜜说甜，众生未谕故，复以甜说蜜，甜蜜更相说，千劫无穷尽。"
⑳牛骥同一皂：牛与骏马共处一槽，比喻不分良莠、不辨贤愚。宋·文天祥《正气歌》："牛骥同一皂，鸡栖凤凰食。"
㉑齐谐：传说中的古书，主要记载怪异的事物；此处取其"怪异"之义。

《庄子·逍遥游》："齐谐者，志怪者也。"

㉒空山隈：空山的角落里。《庄子·徐无鬼》：奎蹄曲隈，乳间股脚，自以为安室利处。

㉓会当一饮三百杯：唐·李白《将进酒》："烹羊宰牛且为乐，会须一饮三百杯。"

浅解：

  无锡国专师生在牛矢山房继续授受课业，并未因避难而停止教学。无论是艰苦的起居环境，还是嚼之无味的果腹野菜，都不能阻止学人们传道授业、砥砺学术。祖籍台山的广州著名画家叶因泉，趁此而创作了《牛矢山房课子图》。简又文邀饶公为画题诗，饶公欣然落笔作诗。

  简译：重峦叠嶂名曰六排，妖气未散在此低回。连山千里利于御敌，满村南人开荒除草。虎尾之险不及青草瘴，牛屎高堆如黄金台。未能广种兰草，须以辟谷消灾。野人献曝与献芹，农夫烂醉卧于青苔。与小辈谈说可添至乐，莫要因离恨而过分哀伤。削开竹简以供占筮，长歌从而唤起病颜。静观渺茫极尽旷远，小小野菜足以维生。深山夏树亲手所栽。地厚天高有正气，百病千劫思人才。曾听说牛马共处一槽，世道吊诡我有幸与您同处。和您共同避难惯食苦菜，为您题画心情欢快。作诗喜见云散天晴，独卧山中枉自思念。画成示我不辞遥远，定当一次豪饮无数。

登磐石山①同巨赞上人②

亭亭磐石山，娲皇③昔所捐。
其下临清流，独立得天全。
斩新日月明，特地出乾坤。
壮哉南方强④，曾经百炼坚。
仰攀若顶天，我意欲无前。
俯视万人家，原畴⑤何田田⑥。
佳节近重阳，吹帽⑦秋风颠。
清谈心无⑧义，独喜僧皎然⑨。
二年客桂东，与山久结缘。
此石尚玲珑⑩，山公所心传。
何当江南去，载将入画船。

注释：

①磐石山：位于广西北流市山围镇之南、铁炉之东。平畴中屹然孤峙三峰，耸秀四面，石壁陡绝。东面稍低，阙径而入，可容数百家。咸丰年间，乡人叠石为城，避乱其中，名之曰磐石寨。

②巨赞上人：巨赞法师（1908－1984），江苏江阴县人。俗姓潘，字琴朴。民国二十年（1931年）于杭州灵隐寺出家，法名传戒，字定慧，后改名巨赞。曾主编狮子吼月刊，出版佛学书刊，创办佛教学院等，并任中国佛教协会副会长。

③娲皇：即传说中的上古之神——女娲。唐·李白《窜夜郎，于乌江留别宗十六璟》："斩鳌翼娲皇，炼石补天维。"

④南方强：宽柔而坚忍的南方式强毅，这是一种君子之强。《礼记·中庸》："宽柔以教，不报无道，南方之强也。君子居之。"

⑤原畴：原野。《文选·王粲〈从军诗〉》："鸡鸣达四境，黍稷盈原畴。"

⑥何田田：何等盛密。古乐府诗《江南》："江南可采莲，莲叶何田田。"

⑦吹帽：原指晋人孟嘉的帽子于重阳登高之际被秋风吹落、而其犹应对有

节;后代指重阳时登高雅集。《晋书·孟嘉传》:"后为征西桓温参军,温甚重之。九月九日,温燕龙山,僚佐毕集。时佐吏并着戎服,有风至,吹嘉帽堕落,嘉不之觉。温使左右勿言,欲观其举止。嘉良久如厕,温令取还之,命孙盛作文嘲嘉,着嘉坐处。嘉还见,即答之,其文甚美,四座嗟叹。"

⑧心无:心无宗。东晋佛学般若学派六家七宗之一,受玄学的影响。其认为心体为无,"豁如太虚"。

⑨僧皎然:皎然(720—804),湖州人,俗姓谢,字清昼,南朝谢灵运之十世孙,是唐代著名的诗僧、茶僧。著有《诗式》一书。

⑩玲珑:明代许仲琳所编《封神演义》:"喜媚曰:'惟亚相比干乃是玲珑七窍之心。'"

浅解:

饶公与巨赞法师同登磐石山,既观赏风景,又相与论道,钦佩法师的佛学修为,将其与古时名僧皎然和尚相提并论。而本诗咏广西北流磐石山,却偏劝山去往江南、与烟波画船为伴,乍看起来似有夺广西灵秀之嫌。但细想足以察知:饶公对此山的各方面之吟咏,都是在借山而咏人,抒发无锡国专之学人的情志。言山高耸出云,乃谓其人风致之高;言山百炼而坚、隐忍而韧,乃谓其人历劫而气节愈加挺立。因此,劝山何不去往江南云云,实际是鼓励无锡国专师生保持志向操守、期待将来回迁学校故园。

简译:高耸磐石山,女娲昔日补天所弃。山下临近清溪,天籁其矗立乃得以全。时日月重放光明,格外高耸出乎乾坤。壮哉南方之强,曾经过百炼而愈坚。向上爬山如同头顶即天,我想一往无前。下瞰万户人家,原野何等繁茂。重阳佳节将近,秋风中登顶山巅。清谈心无宗之义,独独喜欢皎然之论。客居广西东部两年,与山长期结缘。此山古来玲珑,系山神以心所传。何不立于江南,将山映入画船。

附：张谷雏瑶山诗景图题记

饶子固庵以瑶山诗一卷示予，讲述胜概，属为图纪之。甲申岁徂夏，饶子自桂林疏散，逃蒙山。是岁冬，蒙山陷，转奔大瑶山，寄迹蛮陬，历旱峡、金鸡隘，登天堂山绝顶；危崖逼仄，崩腾泻瀑，大壑澎湃，如鸣巨鼓；羊肠鸟道，手攀千丈天藤，纵观百围柚木。陟黄牛山，嵌崎崭削，崇岗毕丛，川原起伏，火云吞吐。寓目瑶山土风，探勾漏洞灵秘，托笔吟咏，斐然帙成，排奡奇兀，骇目动心。遭逢厄塞，烽烟困阻，以伸其坚苦之操。天遣饶子，壮岁韶华，投荒殊乡，宾从瑶民为侣，獞獠犹比眷属，花草俨如法象。窃以南陲荒服，山经水经，所未备载。昔邝中秘佐云鬋娘为记室而著赤雅，且中秘未及见，使饶子见之以补其阙。予于违难之际，自桂林转柳州，遥溯牂柯江，履庄跻涿船且兰之迹，而探夜郎粤区，绵蛮瘴雨，荒烟滩险。历僮侗苗族聚落，分布江滨，架木结屋，下豢犬豕，其上居人，俨若有巢氏之世。眺睇山川，阴霾榛莽，每一念及，行役为劳，得览奇胜，今因饶子之属，爰识卷末，就正有道。

庚子岁中秋后申斋张虹画并识

附：简又文诗

蒙州山居宴集黄花学院同仁以蒹葭楼（黄节）古体春色满中原分韵得色字

甲申中秋后一夕。举杯邀月忘主客。赵何饶孔联翩来。松风映带须眉碧。棚瓜正肥夜香香（夜香，花名，夜间吐清香，可佐膳）。晚凉初放洗胸臆。长空万里了无尘。郁勃诗心出酒力。天马腾骧自西北。廿年关辅共袍泽。精研律法推李悝。间倚新声宗白石。（甘肃赵焕琴文炳，昔与余同在西北军任政治工作，嗣同在立法院任立法委员。）北田诗孙屯砚田，欲以文章来活国。（顺德何蒙夫觉，为晚明诗人北田馆主何不偕族孙，邀约同仁危城讲学。）振衣千仞饶平饶。经史刚柔凿禹迹。（岭东饶固庵宗颐、曾厝饶平凤凰山，以千仞名其诗集，尤精古舆地学。）二麓妙笔绣春风。上与况王争一席。（蒙州孔北涯宪铨，精长短句，传朱强邨之学。二麓盖其填词处也。况蕙风周颐，王半塘腾运，皆岭西近代词人。）严城笳鼓又天涯。忽漫相逢岂易得。予也缁衣践九州。屋壁山岩苦冥索。（曾在滬主办"逸经"文史半月刊。）抛却年华付太平。不知费去几辆展。（予专治太平天国史垂廿五年。）大风吹我到此间。（抗战军兴余在港创办"大风"半月刊。）山居稍谢尘烦迫。因思七载九播迁。虎口麻鞋几夺魄。幸留耿耿寸心丹。坐对月光无愧色。座中诸子贤哲俦。共写胆肝浮大白。既开石室资雅才。弦歌直可厌兵革。伫看南纪壮波澜。收取春光被八极。

集外诗

优昙花①诗

序曰：优昙花，锡兰产，余家植两株，月夜花放，及晨而萎，家人伤之；因取荣悴无定之理，为诗以释其意焉。

异域有奇卉，植兹园池旁。
夜来孤月明，吐蕊白如霜。
香气生寒水，素影含虚光。
如何一夕凋，殂谢②亦可伤。
岂伊冰玉质，无意狎群芳③。
遂尔④离尘垢，冥然返太苍⑤。

太苍安可穷，天道邈无极。
衰荣⑥理则常，幻化终难测。
千载未足修，转瞬讵为逼。
达人⑦解其会，保此恒安息。
浊醪⑧且自陶，聊以永兹夕。

注释：

①优昙花：即佛家所说的"昙花一现"之花，现实中产于喜马拉雅山麓、德干高原及斯里兰卡等地。《妙法莲花经文句纂要》："优昙华者，此言灵瑞。三千年一现，现则金轮王出。"

②殂谢：死亡，凋谢。唐·李德裕《代彦佐与泽潞三军书》："及李相公殂谢，朝廷以王尚书虔休代之。"

③无意狎群芳：无意与众花亲近，形容优昙花之高洁。宋·陆游《卜算子·咏梅》："无意苦争春，一任群芳妒。"

④遂尔：于是乎。《魏书·刘芳传》："窃惟太常所司郊庙神祇，自有常限，无宜临时斟酌以意，若遂尔妄营，则不免淫祀。"

⑤太苍：天最深处。《汉书·高五王传》："自快中野兮，苍天与直。"唐代颜

师古注曰:"天色苍苍,故曰'苍天'。"

⑥衰荣:盛衰,枯荣。晋·陶潜《饮酒》:"衰荣无定在,彼此更共之。"

⑦达人:通达生命道理之人。唐·王勃《滕王阁序》:"所赖君子安贫,达人知命。"

⑧浊醪:浊酒。晋·左思《魏都赋》:"清酤如济,浊醪如河。"北宋苏轼著有《浊醪有妙理赋》。宋·辛弃疾《贺新郎》:"江左沉酣求名者,岂识浊醪妙理?"

浅解:

饶公16岁时,父亲饶锷先生不幸离开人世。为悼念父亲,少年饶宗颐写下了人生中的第一首诗,即此《优昙花诗》。优昙花见于佛家典籍之中,其经久不绽,而一旦开放亦转瞬即逝。饶公少时即熟悉佛学文献,对此深有领悟,而家中亦种有优昙花,对此花之枯荣无定更具备直观的感受。当其父去世之际,花也恰好开而复谢,这便令饶公睹物思人,从而愈发感慨世事之无常。前半篇咏优昙花之语,既是对优昙花之高洁不群的赞美,更是对饶锷先生品行、学问的追思。而后半篇,则转入纯粹的抒怀,叹恨世情之多变,寄托了对其父的怀念之情。

简译: 异域有奇花,种它在园池旁。夜晚孤月光明,花开白洁如霜。香气生于寒水,白影含有淡光。为何一夜即凋零,其逝去值得人悲伤。难道是它冰清玉洁,不愿与众花亲近。于是离开凡尘,幽然返回玄天。

玄天岂能穷尽,天道邈远无极。枯荣理则乃是恒常,幻化变换终究难测。千年未足以修成,岂料花开转瞬即被时间相逼。通达之人了解其因缘际会,保护它恒久安然歇息。且借浊酒自乐,聊以将此夜拉长。

附：广优昙花诗并序
温丹铭先生

饶子宗颐、作优昙花诗、佳则佳矣、虽然、何所托之悲也、虽悟修短之无恒、藉浊醪以自遣、其果能尽释于中否耶、饶子年方少、前途远大、吾愿其有以进之也、作广优昙花诗。

皎皎优昙花。托兹园沼旁。夕开晨已萎。月白空无霜。诗人感至理。名什抒炎光。彼花何足道。此诗亦已伤。大化听人择。岂复恋微芳。高山有松柏。屹然凌彼苍。

彼苍夫如何。浩气弥四极。托命于其中。生物理可测。栽培意非厚：倾覆情岂逼：蒙庄虽达人。大道亦几息。君子蹈其常。愿言矢朝夕。（中山大学文学杂志第十一期）

闻警移居村夜坐月奉寄罗元一①羊石②

霜风颠汤魂③，羸月峭戛骨④。
慑晞⑤三月火⑥，怯对一庭雪⑦。
哀雁愁边鄙，鸣鸡警市卒。
南裔传飞旐⑧，吾子⑨何滞粤。
翔翮⑩仰心惮，殷雷⑪俯身蹶。
梅岭⑫非夷隰⑬，扶桑亦堕突⑭。
净土孰可求，厚地将安窟⑮。
谁谓四海宽，坐伤孤客瘁⑯。
曩日朱明饮⑰，念之遂如没。
胡尘⑱正浩荡，兵马不可歇。
良晤倘有谐，我当讯皓月。

注释：

① 罗元一：罗香林（1906—1978），字元一，号乙堂，广东兴宁宁新镇水楼村人。著名历史学家、客家研究学者。早年毕业于清华大学历史系，师从梁启超、王国维等著名学者。历任中山大学、香港大学、珠海书院教授，获香港大学终身名誉教授衔。他学识渊博，治学严谨，其《客家研究导论》、《客家源流考》、《客家史料汇篇》等开创性著作，为客家研究之学奠定了基础。抗日战争期间，罗香林任广州中山图书馆馆长，费尽心力，将馆藏善本与重要图籍，舶运至柳州石龙，使之免罹战火。罗香林毕生献身学术，尽瘁教育，弘扬中华文化，享誉中外文史学界，是梅州八贤之一。
② 羊石：即广州。案广州古有五羊仙人之传说，因而有羊城之称。唐·黄滔《寄南海黄尚书》："五羊城下驻行车，此事如今八载余。"
③ 颠汤魂：刮倒如在火上般不安的魂魄。宋·苏轼《予以事系御史台狱府吏稍见侵自度不能堪死狱中不得一别子由故作二诗授狱卒梁成以遗子由》："梦绕云山心似鹿，魂飞汤火命如鸡。"
④ 峭戛骨：冷峻得犹如刮骨。唐·韩愈《送穷文》："又其次曰'交穷'：磨

肌戛骨，吐出心肝，企足以待，寘我仇冤。"

⑤憭晞：害怕望见。

⑥三月火：如建章宫般被大火连烧三月，指战火。建章宫建于汉武帝时，在汉长安城外，两汉之交时被赤眉军焚毁。南梁·庾信《枯树赋》："建章三月火，黄河万里槎。"清代倪璠注："此云建章三月火者，当是赤眉焚西京宫室事。"

⑦一庭雪：指月光洒落庭院，白而明亮，犹如一地积雪。南梁·庾信《舟中望月》："舟子夜离家，开舲望月华。山明疑有雪，岸白不关沙。"清·马诒孙《武林客夜》："帘前残月光，疑是一庭雪。"

⑧飞旐：飘动的魂幡。《文选·潘岳〈寡妇赋〉》："龙辖俨其星驾兮，飞旐翩以启路。"唐代吕延济注："旐，引柩幡也。"

⑨吾子：犹"先生"或"您"。指罗香林。

⑩翔翮："翮"指鸟羽毛之茎管，亦代指鸟；"翔翮"即飞鸟，此处代指敌机。宋·胡寅《水调歌头》："肯似林间翮，飞倦始知还。"明·李梦阳《又赠王舍人》其二："愿为东南风，遂附高翔翮。"

⑪殷雷：巨大的雷声或如雷的鼓声，此处代指炮火声。《文选·王延寿〈鲁灵光殿赋〉》："动滴沥以成响，殷雷应其若惊。"

⑫梅岭：梅岭又称大庾岭，在广东与江西两省交界处，属于"五岭"（即南岭）之一。宋·王象之《舆地纪胜》："大庾岭上多梅，亦名梅岭。"

⑬夷隰：平坦低湿之地。南梁·沈约《栖禅精舍铭》："峦隰夷改，蓬莱粗迁。"

⑭堕突：横行滋扰。《文选·陈琳〈为袁绍檄豫州〉》："操又特置发丘中郎将、摸金校尉，所过堕突，无骸不露。"

⑮将安窟：将在哪里藏身。明·沈周《虎来》："不如徙恶南山深，安我民心汝安窟。"

⑯孤客瘁：独自客行之人的劳累。汉·焦延寿《焦氏易林》："损：路多枳棘，步刺我足，不利孤客，为心作毒。"

⑰朱明饮：指南明绍武帝朱聿䥣不饮敌人之水。明·黄宗羲《行朝录》："成栋使人馈食，帝不食，曰：'吾若饮汝一勺水，何以见先帝于地下！'自缢而崩。"

⑱胡尘：指日寇所引起的战火。《文选·任昉〈宣德皇后令〉》："及拥旄司部，代马不敢南牧；推毂樊邓，胡尘罕尝夕起。"

浅解：

其时，潮州已沦陷于日寇之手，饶公只能被迫携家取道香港、而欲至云南与迁校后的中山大学汇合，后来因病而滞留香港。中山图书馆馆长罗香林仍坚守在广州组织转移藏书的工作，作为曾与之有学术往来的后学，饶公十分关心他的安危，因此寄诗加以慰问，同时寄托自己因国家罹难而背井离乡的哀思。

简译：寒风吹倒焦虑之心魄，残月冷峻如同刮骨。害怕望见连月战火，不敢面对满庭月光。悲哀鸿雁令边城人愁，鸣啼之鸡警醒城中守备。南方人传递飘扬之魂幡，您为何滞留于广东。望见飞机心中畏惧，听到炮火俯身跌倒。梅岭虽不是平地，日寇亦轻松横行。何处可求净土，大地哪里能藏身。谁说四海之内宽广，坐而为客行者之劳累而哀伤。昔日绍武帝不饮敌水，自尽而死令人怀想。日寇之乱其势浩大，军队鏖战不能歇息。与您会面若能成真，我将向明月询问其期。

重至揭阳乔南里① 月下作

已偷数日闲,凫鸭即麋鹿②。
方池一角青,来作客不速③。
四载饱离乱,突兀仍此屋。
中庭卧明月④,浮云每加腹。
儵然⑤吾与点⑥,胸次出新沐。
天得一以清⑦,此意今才觉。

注释:

①揭阳乔南里:乔南里是广东揭阳的一处地名,在旧县城之西郊,抗日战争期间曾是县政府的所在地。
②凫鸭即麋鹿:跟随野鸭和麋鹿,形容亲近自然。"陪麋鹿之群随凫鹤之侣。"
③客不速:不经邀请而突然前来的客人。《周易》需卦上六爻辞:"入于穴,有不速之客三人来,敬之终吉。"
④中庭卧明月:月光沉于庭院中。唐·杜甫《后出塞五首》其二:"中天悬明月,令严夜寂寥。"
⑤儵然:无拘无束的样子。《庄子·大宗师》:"儵然而往,儵然而来而已矣。"唐代成玄英作疏曰:"儵然,无系貌也。"
⑥吾与点:《论语·先进》:"(曾点)曰:'暮春者,春服既成,冠者五六人,童子六七人,浴乎沂,风乎舞雩,咏而归。'夫子喟然叹曰:'吾与点也。'"
⑦天得一以清:天得到道,故而清明。《老子》:"昔之得一者,天得一以清,地得一以宁。"

浅解:

饶公重回揭阳乔南里,距离上次来此已时隔4年。几年间,人久经离乱,这里的房屋却仍一往如旧,令饶公不禁感怀今昔。而与以前相比,如今的他饱经蹉跎，更加淡定从容、更与宇宙自然之大道相趋近，其诗境亦超乎凡俗。

简译：已经偷闲数日，与野鸭麋鹿为伴。方池一角青绿，来此作为不速之客。四年来饱经离乱，此屋仍高耸而立。月光沉于庭中，浮云飘在腹上。孔子认同曾点之自在，我如刚沐浴心胸。天得道故而清明，此中真意今方觉省。

香墨林翰屏将军筹款建忠烈祠出所藏古画古物展览为咏此作

将军博古世所罕，四海久夸金石眼①。
兵中能启佩文斋②，入座荆关③不待柬④。
愿假尊罍⑤销兵气，天与云烟供湔祓⑥。
十年长作岭东⑦人，且喜他乡有别馆⑧。
漫嗟旧日征战劳，摧枯⑨譬以石投卵⑩。
一洗残倭摅⑪宿愤，海滨人同叹微管⑫。
霜凛刀气增冬寒，律吹⑬荒谷赎春暖。
回首出生入死地，多少忠躯目犹悍。
几闻杞妇哭崩城⑭，一念国殇⑮涕焉潸。
即今未许休鼓鼙⑯，菲歌麦饭不胜悲。
将军用意诚深远，旌功⑰待矗昭忠碑。
扁舟了不惮还往，十车捆载修丰穰。
堂开宁止证古欢，时人但作连城⑱赏。
呜呼！谁不曾蒙疆场国士⑲恩，峻宫⑳何以报重壤㉑。

注释：

①金石眼：在金石学方面的眼力。金石学是中国传统学术中以古代青铜器、石刻碑碣、竹简、甲骨等为主要研究对象的一门学科，偏重于著录和考证文字资料，通过训诂考据以达到证经补史之目的。此处之"金石"主要指金石文物收藏之学。

②佩文斋：位于北京畅春园中，是清帝康熙的书斋。王原祁、孙岳颁、宋骏业、吴暻、王铨等曾奉旨纂辑《佩文斋书画谱》，其书成书于康熙四十七年（1708年），是一部书画方面的类书。此处代指收有众多书画的收藏之所。

③荆关：荆浩、关仝。两人均是唐末五代后梁时的画家，属于北方山水画派，与同时期的另两位南方画家——董源、巨然，并称"荆关董巨"。

④待柬：需要邀请。清·陈夔龙《饯春日游柯巽庵侍郎息园赋赠》："瞥听林

莺百啭娇，入门不待束招邀。"与荆浩、关仝同席不须邀约，形容其藏画数量之丰富，乃至与古之画家极为相熟。

⑤尊罍：鳟和罍，泛指酒器。唐·白居易《轻肥》："罇罍溢九酝，水陆罗八珍。"

⑥湔盥：洗涤。宋·黄庭坚《再和寄子瞻闻得湖州》："臧谷皆亡羊，要以道湔盥。"

⑦岭东：即五岭以东。清乾隆时周硕勋之《潮州府志》谓："江西则有湖西岭北之分，广东则有岭东岭南之别。"案北魏·郦道元《水经注》："山即大庾岭也，五岭之最东矣"，可知五岭最东为大庾岭（即梅岭），故"岭东"即是大庾岭以东乃至揭阳海边，"岭南"即是五岭以南、大庾岭以西。

⑧别馆：古指帝王之行宫，后亦指常人在家乡之外的住所，抑或旅舍。宋·苏轼《墨君堂记》："而藏于吾室，以为君之别馆云。"

⑨摧枯：摧折枯草，比喻轻而易举地克敌制胜。《后汉书·耿弇传》："归发突骑，以辚乌合之众，如摧枯折腐耳。"

⑩石投卵：以石击卵，比喻占据优势以强击弱、故能乘势取胜。《孙子·兵势》："兵之所加，如以碬投卵者，虚实是也。"

⑪摅：抒发。《文选·班固〈西都赋〉》："愿宾摅怀旧之蓄念，发思古之幽情。"

⑫微管："微管仲"的省称，即"没有管仲"之意；此处指将军犹如管仲，舍之则更难剿灭日寇。管仲是春秋时期的齐国名臣，曾辅佐齐桓公尊王攘夷、称霸诸侯。

⑬律吹：吹奏律管。律为阳声，故传说可以使地暖。《艺文类聚》引汉代刘向之《别录》谓："邹衍在燕，燕有谷，地美而寒，不生五谷，邹子居之，吹律而温气至，而谷生，今名黍谷。"

⑭杞妇哭崩城：古时齐杞梁战死，其妻子哭号，使城墙崩塌；此处指军属遗孀因家人战死而哭泣。西汉·刘向《列女传·齐杞梁妻》："道路过者莫不为之挥涕，十日，而城为之崩。"

⑮国殇：死于国事。《楚辞·九歌》中有《国殇》，传为屈原所作。清代戴震《屈原赋注》："殇之义二：男女未冠笄而死者，谓之殇；在外而死者，谓之殇。殇之言伤也。国殇，死国事，则所以别于二者之殇也。"

⑯鼓鼙：军用小鼓，泛指战鼓。唐·白居易《长恨歌》："渔阳鼙鼓动地来，惊破霓裳羽衣曲。"

⑰旌功：表彰战功。"尚书令王肃等奏：'臣等闻：旌功表德，道贵前王；庸

勋亲亲，义高盛典。'"

⑱连城：价值连城的珍宝。《史记·廉颇蔺相如列传》："赵惠文王时得楚和氏璧。秦昭王闻之，使人遗赵王书，愿以十五城请易璧。"

⑲国士：一国中最勇武、最优秀的人物；此处泛指军人。《史记·淮阴侯列传》："至如信者，国士无双。"

⑳峻宫：指忠烈祠。

㉑重壤：地下，泉下。《文选·嵇康〈琴赋〉》："披重壤以诞载兮，参辰极而高骧。"唐代李善注："重壤，谓地也。泉壤称九，故曰重也。"

浅解：

　　抗战胜利之后，有将军以展览家中文物而筹资为阵亡将士修建祠堂。饶公对此举深表钦佩，赠诗咏之。开篇之初，饶公先夸赞将军精于收藏、藏品丰富；而后，又感谢将军与军队一同抗日卫国，保护了百姓；进而，谈及烈士们为国为民而牺牲，更指出民众皆应感怀烈士的恩德，不能仅留心与观赏文物、而忘记了此次展览的根本目的。全诗起承转合兼备，一气呵成，所指之弊，发人深省。

　　简译：将军博识古物世所罕见，四海长期夸您精于金石。军中能建佩文斋，与荆关同席不须邀约。愿借酒消除烽烟之气，天和云烟将之洗涤。我长期生活在岭东，喜知他乡有吾地公馆。不须嗟叹旧时征战之苦，摧折敌军如以石击卵。清洗日寇残兵抒发长久之愤，沿海人民感叹您如管仲。霜使刀肃杀更赠冬寒，吹律于荒谷换来春暖。回首出生入死之地，多少忠躯眼犹未合。数次听见军属为牺牲者哭泣，一想到捐躯之人就泪水清清。从今亦不能停止战鼓，借韭而歌以麦为饭不胜悲哀。将军用意实在深远，表功须待祭祀忠魂。不思乘舟归去，先以车载来丰富文物。陈列于堂不止分享赏古之乐，常人却只当欣赏珍品。呜呼！谁不曾受军人舍身战场之恩，祠堂岂能回报地下英魂。

寄古层冰①丈梅州

别囿②嗟无人，危邦方弃智③。
萧寥④长掩关，澄清愧揽辔⑤。
孤鸿⑥自天末⑦，万虑丛胸次⑧。
神交⑨十年所，许我一头地⑩。
相期滋蕙兰⑪，未能骋骒骥⑫。
道术看腾骞⑬，经史孰鼓吹⑭。
蕴真⑮惬抱一⑯，成纯⑰赖不二⑱。
感物拔连茹⑲，因风欲奋翅。
眇眇⑳阻山河，拳拳㉑激遐思。
大音贵希声㉒，小草明远志㉓。
相依平生怀，自了齐物意。
感德溯程江（来书促赴南华大学梅州之聘），佳人栖衡泌㉔。
大哉时义㉕存，白心在蓬累㉖。

注释：

①古层冰：古直（1885—1959），字公愚，号层冰，广东梅县梅南镇滂溪村人，国学家、客家学研究学者。青年时加入中国同盟会，投身辛亥革命和讨袁护法等一系列运动，之后历任封川县、高要县县长。其后辞官，隐居庐山，研究学问，专心著述。后来，被聘为中山大学文学教授，中文系主任，执教十余年。解放后在广东省文史研究馆供职，并担任省政协委员。

②别囿：犹"别苑"，指帝王的林苑，亦泛指华美的花园。晋·葛洪《西京杂记》："广陵王胥有勇力，常于别囿学格熊。"

③弃智：摒弃聪明智巧。"绝圣弃智，民利百倍；绝仁弃义，民复孝慈；绝巧弃利，盗贼无有。"

④萧寥：寂寞冷落。宋·徐铉《题雷公井》："捣霭愚公谷，萧寥羽客家。"

⑤澄清愧揽辔：谓范滂揽辔立志之事。《后汉书·范滂传》："滂登车揽辔，慨然有澄清天下之志。""澄清"指使天下复归清明；"揽辔"指挽起缰绳，

《文选·曹植〈赠白马王彪〉》:"欲还绝无蹊,揽辔止踟蹰。"

⑥孤鸿:落单而飞的鸿雁。《文选·阮籍〈咏怀〉》"孤鸿号外野,翔鸟鸣北林。"

⑦天末:天边,指身处在边远之地。唐·杜甫《天末怀李白》:"凉风起天末,君子意如何。"

⑧胸次:胸怀,心情。《庄子·田子方》:"行小变而不失其大常也,喜怒哀乐不入于胸次。"

⑨神交:于精神上交往。南梁·江淹《伤友人赋》序:"仆之神交者,尝有陈郡之袁炳焉。"

⑩一头地:作为长辈让开一步,任某小辈出超众人、显露才名。宋·欧阳修《与梅圣俞书》:"取读轼书,不觉汗出,快哉快哉!老夫当避路,放他出一头地也。可喜可喜!"

⑪滋蕙兰:种植香草、兰花。《楚辞·离骚》:"余既滋兰之九畹兮,又树蕙之百亩。"《楚辞·九歌·东皇太一》:"蕙肴蒸兮兰藉,奠桂酒兮椒浆。"

⑫骐骥:传说中的古时骏马之名,泛指骏马。《文选·张衡〈南都赋〉》:"骐骥齐镳,黄间机张。"唐代李善注:"骐骥,骏马之名也。"

⑬腾骞:腾飞。唐·李白《书情题蔡舍人雄》:"层飙振六翮,不日思腾骞。"

⑭经史孰鼓吹:谁来为经学史学张目。案自《隋书·经籍志》乃有"经史子集"之四部分类法;"经史"指经部与史部诸书,亦指经学和史学。《隋书·经籍志》:"诸子为经籍之鼓吹,文章乃政化之黼黻。"

⑮蕴真:蕴藏真元。明·欧大任《聂隐君像赞》:"夫其蕴真缮性,抱一守玄,读损益而知贵贱,舍外游而务内观。"

⑯抱一:笃守大道,与之保合。"载营魄抱一,能无离乎?"

⑰成纯:达致纯一,保合太和。《庄子·齐物论》:"众人役役,圣人愚芚,参万岁而一成纯。"

⑱不二:用心专一而不分。宋·褚伯秀《南华真经义海纂微》:"能抱一则心不二,不务得则必无失。"

⑲拔连茹:拔起一株茅草,连带着拔起了其他与之连根的茅草;比喻众人或诸事接连受到蹉跎。《周易》泰卦初九:"拔茅茹,以其汇,征吉。"

⑳眇眇:眯眼远望。《楚辞·九歌·湘君》:"帝子降兮北渚,目眇眇兮愁予。"

㉑拳拳:殷切诚恳之貌。《文选·司马迁〈报任少卿书〉》:"拳拳之忠,终不能自列。"

㉒大音贵希声:欲求本体之大音则贵在没有具体发出之声。《老子》:"大音希声,大象无形。"三国魏时王弼注曰:"听之不闻名曰希,不可得闻之音

也。有声则有分，有分则不宫而商矣。分则不能统众，故有声者非大音也。"

㉓小草明远志：古书《本草》载有"远志"、"小草"之名，乃是同一种草的两个不同名称。明·李时珍《本草纲目》注其本经："远志。释名：苗名'小草'、'细草'、'棘菀'、'葽绕'。时珍曰：'此草服之能益智强志，故有远志之称。'"刘宋·刘义庆《世说新语·排调》："处则为远志，出则为小草。"此乃郝隆之语，用以讥讽谢安明哲保身、不似旧日有东山之志。故"远志"、"小草"虽是草名，亦常被直取其字面义以言事。此谓草虽小却志存高远。

㉔衡泌：衡门与泌水，代指隐居之地。《诗·陈风·衡门》："衡门之下，可以栖迟，泌之洋洋，可以乐饥。"

㉕大哉时义：《易传》阐发《周易》古经时所表述的概念，指时变之义非常重要。《周易》豫卦《象传》："豫之时义大矣哉。"

㉖蓬累：蓬草飘转飞行，比喻人之行踪无定。《史记·老庄申韩列传》："且君子得其时则驾，不得其时则蓬累而行。"唐代张守节《史记正义》注曰："蓬，沙碛上转蓬也；累，转行貌也。言君子得明主则驾车而事，不遭时则若蓬转流移而行，可止则止也。"

浅解：

古直向来赏识饶公，自将《优昙花诗》发表在中山大学中文系《文学杂志》之后，此番更推荐其前往南华大学任教；而饶公当时滞留在香港，未能成行。饶公感激前辈的帮扶栽培，因此寄诗，解释其不能前往之因由，并致以谢意。

简译：嗟哉林苑空无人迹，国势危急才弃淫巧。关隘寂寥长期掩闭，欲使天下清明却愧于揽辔立志。孤雁从天边飞来，万千忧虑从心中生起。与您神交十年，蒙您许我露才显名。相约共种兰草，却未能策马远行。大道学术须将高扬，谁来为经史之学张目。蕴藏真元抱一守道，成就纯一赖无二心。感怀人事接连遭扰，乘风欲要振起双翅。眯眼远望却被山河阻隔，诚挚之心激起遐想。至大之音在于无具体之声，草虽小却能明其远志。寄托平生情怀，已了解齐物之意。感激您恩德本欲延程江而溯，您正隐居在此间。大哉《易》贵时变，且借飞蓬表明心迹。

无　题

拥鼻^①微吟只自嗟，茶烟袅袅淡生涯。
心忧四野民无告^②，目尽平芜^③雨半遮。
近海飞鸢争出没，过桥老树自欹斜^④。
闲中观物宁非学，何必长安看遍花。
（1949年汕头修志馆作，门人黄昏录）

注释：

①拥鼻：带着鼻音。刘宋·刘义庆《世说新语·雅量》："桓公伏甲设馔，广延朝士，因此欲诛谢安、王坦之。王甚遽，问谢曰：'当作何计？'谢神意不变，谓文度曰：'晋阼存亡，在此一行。'相与俱前。王之恐状转见于色，谢之宽容愈表于貌，望阶趋席，方作洛生咏，讽'浩浩洪流'。桓惮其旷远，乃趣解兵。"南梁刘孝标注："按宋明帝《文章志》曰：'安能作洛下书生咏，而少有鼻疾，语音浊。后名流多学其咏，弗能及，手掩鼻而吟焉。'"
②民无告：民众无处诉苦。《尚书·大禹谟》："不虐无告，不废困穷。"唐代孔颖达作疏："不苛虐鳏寡孤独无所告者，必哀矜之。"
③平芜：草木丛生的平旷原野。宋·欧阳修《踏莎行·候馆梅残》："平芜尽处是春山，行人更在春山外。"
④欹斜：歪斜不正。"欹"即倾斜之意。汉·陆贾《新语·怀虑》："管仲相桓公，诎节事君，专心一意，身无境外之交，心无欹斜之虑。"

浅解：

　　闲居汕头时，饶公偶感微寒，故而稍行歇息。饶公本性爱好自然，终得清闲后，他品茶吟咏，遍观万物，从中获得的体悟，竟亦不逊于埋头治学之所得。

　　简译：鼻塞低吟空自嗟叹，茶烟缭绕而我淡漠生涯。为四方民众无处诉苦而心忧，雨水掩映中望尽平原。近海而居鸢鹰争相出没，桥对岸老树兀自倾斜。闲居观物岂非学问，何必到长安看遍其花。

作 诗

灯尽目眊^①倦欲眠，一行一字尚流连。
睡时积欠以千计，诗境独游垂十年。
不学后山卧草盖^②，颇思张籍啖梦笺^③。
为诗终似为文苦，月胁天心费出穿^④。

注释：

① 目眊：视线模糊。宋·苏轼《杜介送鱼》："醉眼蒙眊觅归路，松江烟雨晚疎疎。"
② 后山卧草盖：北宋陈师道（1053—1102），字履常，号后山居士。其写诗时习惯闭门苦吟。
③ 张籍啖梦笺：唐代张籍（约767—约830），字文昌，曾以写有杜甫诗句之纸焚烧成灰而拌蜜食用，以求学习杜甫诗风。后唐·冯贽《云仙杂记》引《诗源指诀》谓："张籍取杜甫诗一帙，焚取灰烬，副以膏蜜，频饮之，曰：'令吾肝肠从此改易。'"
④ 月胁天心费出穿：穿破月胁天心须费气力，比喻写出险奥的意境犹为不易。唐·皇甫湜《顾况诗集序》："偏于逸歌长句，骏发踔厉，往往若穿天心、出月胁，意外惊人，语非寻常所能及，最为快也。"

浅解：

饶公长年写诗，于诗道有自己深刻的切身体会。每每到临睡之前，往往诗兴未尽却又难以久久不寐，只能停笔睡去，仿佛有千万首犹待完成的诗篇压在心头。但凡常人，总是好逸恶劳，可惜写诗之事，却难能取巧，唯有勤思苦吟方是正途。饶公亦无法脱离此路，可偏又深爱写诗，因此终决意固守于这种艰苦卓绝的工作之中。

简译：灯尽眼矇而困倦欲睡，尚流连于诗中字句。睡时犹欠千篇未写，在诗的世界独游已近十年。不学陈师道卧席苦吟，颇爱如张籍一样吞诗了事。但写诗终究如同写文章一样辛苦，穿破月胁天心须费气力。